CHENGMENG NI CHUXIAN

GOU WO XIHUAN HAODUO NIAN

XIA GUOGUO

承蒙你出现／够我喜欢好多年

夏果果 著

北京时代华文书局

CONTENTS

目录

<<< 自序

人呢，情话总是张嘴就来，情义却是拼凑的残骸

1.

2017 年初，身体和生活都发生了一些变故，我的状态一直不太好，还沉迷于游戏，几乎和外界断绝了往来。

那段时间我连名字都改了，活在另一个叫“曼曼大人”的世界里。

逐渐地，我忘记了自己还是个作家，一门心思在各种江湖里做一个随心所欲的“江湖曼”。

我开始习惯朋友们叫我曼曼。

代老板是风哥同学的朋友。

风哥是我认识十几年的好朋友。

风哥的同学是我游戏里的队友。

为什么说这些呢，因为这些是我去大理的契机。

当时，在风哥的鼓励下，我计划写一本和游戏相关的小说。写得磕磕巴巴，我总找借口说：“在上海、北京这种地方，我静不下心。”

代老板说：“曼曼，来大理吧，住我客栈，顺便帮我写写我的前半生。”

我就去了，决定在大理闭关。

2.

到大理的那天，阳光实在是好，而我却深陷在电脑到底是忘记在出租车上还是忘记在朋友家的焦虑中。

飞机刚刚落地，我就收到代老板的语音消息。

“……”可惜落地尚未停稳，机舱里声音嘈杂，我并没有听清他到底说了什么。

“我刚落地，你说什么？”

“哦，我这边有点儿事可能接不了你了，我给你发个定位，你自己打车过来吧。”

尽管他迅速地撤回了这条消息，但好巧不巧，我也迅速地听到了这条消息。

于是，我的那句“哦。”和他重新发的那句“不逗你了，我在出口处等你。”同时发出。

就在那一刻，我已经在脑子里演出了一场大戏，比如下机后迅速买一张回程机票，劈头盖脸把他痛斥一顿然后拉黑。

很可惜，代老板并没有给我这个机会，他是个好人。

出口处，代老板还是很好认的，他笑嘻嘻接过我的行李：“早班机很辛苦吧，等下在车上眯一会儿吧。”

“哎呀，我这会儿很烦躁，你别说话，我本来电脑就找不到了，你刚才还气我，天气又这么热，我觉得我要炸了。”

他看了我一眼，欲言又止。

我的脸色确实不是很好。

他拖着行李在前面走，我走在他后面忙碌地打着各种电话，终于确认电脑是忘在朋友家了之后，方才舒了一口气。

他把我的包放进后备厢，然后开了车门让我上车，一直也没有说话。气氛有点儿诡异，我拿出一张面膜，慢悠悠地贴在脸上试图缓解一下。

“客栈远吗？”

他摇摇头：“还好，大约三四十分钟吧，你以前来过大理吗？”

“不算有也不算没有，途经过。”

“嗯，这个地方不算很大，客栈就在古城边上，不论你去哪里，也最多都是三四十分钟。”

“嗯嗯，谢谢你。”

“嘿，客气什么。”

这是我第一次和代老板见面，和我预设的一点儿都不一样，比如会礼貌，比如会很客气，又比如会很热情。

事实上，倒像是认识了几十年，一点儿也不客气地生气、任性了。

人哦，总是没有办法决定自己的下一步。

后来他说：“曼曼，嗯，你这个人性格很好，但你的脾气实在是太糟糕了。”

我第一次知道，可以这样“夸”一个人。

3.

其实，也并没有真的隐世闭关，我依然和都市保持联系。

比如，王野出了新歌《往生路》，我单曲循环听了一周。

我对他说：“我喜欢这首歌，听得我悲伤漫溢，特别想死，想喝一碗孟婆汤。”

他说：“你确定这是在夸我吗？”

我说：“臭小子，你难道不知道向死而生么？你唱的不就是往生路么？”

多好的一碗汤，让我忘了那人的脸、那人的名，却牢牢记得有个人曾狠狠地驻扎在我的生命里。

我们只是想忘了那个人，并不想忘记那个人带给过我们的一切，毕竟那些故事最深刻地记录着自己曾经的天真与纯粹。

4.

风哥时常会打个电话。

“大理的天气好吗？”

“超级好，你来不来啊？”

“哎呀，我也想去啊，可是我这儿走不开啊。”

“……”

每次打电话的前三句话永远是这样的，都快成为固定模板了。

就好像这是一个大型文艺联欢会的开头：大家好，这里是××××现场，我是主持人×××。

这样的对话被我写在小说里就成了另一种表达。

“你好吗？”

“我想你。”

“你一个人好好的。”

你看，人与人之间就是这样永远答非所问地打招呼，熟悉的有熟悉的语无伦次，陌生的有陌生的毫无逻辑。

很多时候，就是这样，看似是个问句，实际上是个陈述句。

曾经，事事都执着于一个答案，也得到了很多答案，想要的、不想要的。可，这些答案不仅没有让你释怀，反而让你更寸步难行。

直到有一天，你明白，这世上的一些事本就没有所谓的答案，都是自欺欺人罢了。

一生这么短，享受万千活法吧。答案？入棺的那一天，自会揭晓。

所以，我在大理好不好没那么重要。

所以，你来不来大理也没那么重要。

这样的开场白只是一个习惯。

就好像，你想念一个人也只是因为习惯，你并不会因为这份想念真的寻死觅活。

5.

大理的气候不似北方那般干燥，就连风也是轻柔的。

客栈免费提供早餐，简单可口。因为馋这一口家常菜，我一开始竟改掉了赖床的毛病。

每日中午时分，厨师便会敲我房门喊吃饭；“姐，吃饭了哦。”

“我不吃了，你们吃吧。”我闷声闷气地回话，一抬眼就被窗户缝隙里钻进来的阳光闪了眼，一缩头，被子捂住脑袋转个身子继续睡。

某一日，大家坐一起逗趣，我说：“你看我这几天饿的，都瘦了。你家厨子这几天都不给我做米线吃。”

代老板开着玩笑对厨师说：“每日里米线要到位啊，可别把你这个大姐姐给饿到了。不到位扣你工资。”

那日之后，小厨师每日饭点就“噔噔噔”敲我的门，后面加一句：“需要我给你煮米线吗？”

可我这日子过得是颠倒黑白，时常都是在下午两三点才迷迷糊糊贴着面膜吸溜着一罐酸奶走下楼晃荡一圈，和院子里晒太阳的阿姨打个招呼。

“早啊，阿姨。”

“哎呀，您起床了哦，那我等下上去收拾屋子。”

“不急不急，我等下还要再洗个澡哦。”

“你吃饭么？要不我帮您煮碗米线吧。”

“不用不用。等厨师回来吧。”

“不打紧的，他出去买菜了，估计要晚回来的，你可别饿着了。”

阿姨总是很热情，倒是让晚起的我很不好意思，所以每每无聊之时便会和阿姨多聊一些家长里短。

她说：“这个老板是个好人啊，感觉不像其他的老板，倒不像是个做生意的，待我们都很好，你们这些人都很好交往的哦。”

我笑着说：“嗯，代老板是个大气的人，所以这客栈的人也都是和善的，物以类聚，人以群分吧。”

代老板也比较喜欢跟我聊天，因为我不似其他客人，每日晨出暮归，匆匆忙忙。

有时客栈忙碌，我也会搭把手帮忙照看。

代老板总是念叨着要管我一日三餐，我终是不好意思，寻了理由推脱。

毕竟，我也喜欢到处走一走，看一看，尝尝当地不一样的味道。

每一种食物里，都会有当地人的性格。

6.

闲来无事的时候，我会坐在客栈院子里的秋千上看书，或者抱着我的笔记本写一些故事。

如果店里不忙的话，店长会坐在旁边的躺椅上，一边晒太阳，一边跟我讲故事。客栈里来来往往的人，总会留下许许多多的故事。

凑一起喝茶的客人本来只是想问问玉龙雪山，我就从这一个话题聊起了泸沽湖，又聊起了腾冲和香格里拉，后面聊着聊着又论起了旅游的意义。

想来，纵使我这种拒绝和陌生人说话的性子也是会在这样的环境里变得主动、健谈。

我说："这旅游啊，旅途本身就已经是很有意义了，去什么景点的，都真不如看看百度就够了。”

他说：“我这要工作的人，就这么几天假期，不得像你一样，可以在一个地方住上一年半载。”

我又说了：“如此这般，你更是不要把自己的旅途变成了另一个赶场子的奔波啊，本来就是为了休假，若是打卡景点，你也最多就是到此一游。我要是你，我就一次在一个地方玩个透，要么我整个假期只去酒馆饮酒作乐，或者在喧嚣中放纵，或者我就在喧嚣中做一个冷静的旁观者；要么我整个假期就独处于客栈，把自己放空，或者沉迷于大睡，或者和陌生人瞎聊天。反正，总归是要把自己身体里的那另一面彻底解放。”

他笑：“所以，旅游倒像是寻找另一个自己，和自己对话了。”

我摊摊手：“难道不是吗？你在星巴克看到一个人独处，会跑过去问人家，你为什么来这里吗？你坐在五星级酒店大堂，有个人跑来找你搭讪，你敢应承吗？可这小院不同啊，你会全无防备地对着另一个人说，这茶不错，你觉得呢？这样，你便多接触了一个和你的圈子毫无瓜葛但会给你带来另一道人生风景的朋友。”

他说：“我自认为已经修炼得很好了，为何还是和有些人对话的时候，不能控制自己的情绪？”

我说："因为你一直是一个人在冥想，而最好的修炼是在人群中修炼。一个人在面对静物的时候，对方的反应是按照你的布局来的，而只有你在面对活物的时候，内心深处的那些脉络才能被激活。就像那些动辄就说自己看破红尘的人，其实红尘的滋味他们都尚未品过，就被红尘的幔帐刺瞎了眼睛。"

你都从未入世，妄谈什么出世呢？

就这样，一来一去，倒像极了两个煮茶论道的友人。

退房的时候他问："你还要在这里住多久？下次来还可以遇到你吗？"

我说："住到病愈，住到病发，住到这里再没有故事。"

他大笑："虽然我听不懂，但是有点儿意思，这次时间仓促。下次，我带我的故事。"

7.

我对编辑说："这次新书写得特别好，哇，太精彩了！"

她说："你写了多少了，发给我看看吧。"

我说："六万字了，不过还是初稿，你等我修改好了再发给你吧。"

她说好。

事实上，我已经删减到了六千字。我把自己关在屋子里十几天了没出门，可我一个字都没有写出来。

我知道，她知道我撒了谎，但女人好像生来就是会撒谎的，尤其是一个写作的女人，似乎拖稿是正常的，不拖稿才显得不那么正常。

我坐在屋子里想象自己坐在沙滩上看着海湾。随着拂晓转入白昼，我早已蜷缩在吊床上睡去，做着关于自己将要死去的那一天的白日梦。

我知道，天空在凝视着我。

但，无人谴责。

这世上，有些事哪有什么对错是非，只有心甘情愿。

每个人都有自己的故事，剩下的只需努力。

最终，我们要打败的不是别人，而是自己。

8.

微博上有人留言："该回北京上班了。"

我回了一句："无班。"

他又说："真好，财务自由、身体自由、精神自由，你都到达最后一个境界了。"

真想回一句：“除了财务不自由，身体和精神一直都自由，毕竟后者的自由权一直都在自己手里。”

日子怎么过都是可以过的，自由？想要得到一些，就势必会失去一些。

太多人的不自由是因为想留住的太多，也就牵绊得太多了。

最初，我想着，在这个客栈等一个人的回心转意。絮絮叨叨写下我散乱的思绪、生活的点滴与你分享，写一个人的快意江湖。

但后来，我终于是没有完成那个游戏小说。

有些事，也许没那么急迫了。

江湖还很大，我要用一生来书写，那么，就顺其自然吧。

9.

在大理这大半年，我虽然丢了自己最初的心思，却捡到了更多温暖的故事。

这些寻常的人和事，就如我们身边的每一个朋友一样，看似简单，实则波涛暗涌。太多平凡的背后，是风浪，太多微笑的前身，是苦涩。

有些人，等到来不及，才会去珍惜；有些人，嫁给爱情却痛哭流涕；有些人，爱而不自知；有些人，一生都在痴痴等待。

无论是哪一种遗憾，都令人惋惜，哪一种幸福，都令人感动。

爱情也好，亲情也罢，友情也是，大千世界里，每天都会有不同的故事一遍又一遍上演，谁先爱上，谁先离开都不重要。

重要的是，往后余生，该走什么样的路，和什么样的人在一起。

漫漫人生路，总是会有些人，从我们的生命里经过，或许他们会留下，陪伴我们一生，又或许，他们只是停下歇歇脚，继续赶路。

于是，这本书不是计划中要写的风哥带我闯荡的那个江湖，也没有代老板这样一个好人的存在。

这本书里，我虚拟了这样一个画面：

客栈的老板是一对中年夫妻，我称呼他们董哥和梅姐。

梅姐在面对董哥的时候，脸上时常有着少女般的娇羞，那大抵是爱情的模样。

而那些来来往往的人们，他们像极了我认识和不认识的每一个你们。

壹

总之，岁月漫长，然而值得等待

1.

苏珊今年二十七岁，住在客栈胡同口的第一家。

苏珊家养着一只年龄很大的狗，除了爪子，其他地方都是黑色，因为年纪大了，毛色也开始发灰，远远看去，像是蒙了一层白雾。

苏珊顶喜欢这只叫哈利的狗，每天上班之前，都要抱一抱哈利，下班回到家第一件事，也是先跟哈利玩一会儿。

哈利特别通人性，它常常趴在院子门口，等你叫它的时候，它就会抬起头张张嘴，似乎在回应你。它性情温顺，虽然偶尔有生人路过时，它也会叫两声。

每次路过苏珊家，我都会给哈利带一点儿香肠。它特别懂事，只要见过一次，离老远都能把你认出来。

一天，我拿着香肠去寻哈利，它没在门口趴着，也没在院子里。我试着叫了两声“哈利”，也没见它摇着尾巴出来。倒是苏珊的母亲闻声推开堂屋门，走了出来。

“苏珊带哈利去宠物医院了。”

和苏珊的母亲道别后，我回到了客栈。梅姐告诉我，哈利的病情似乎比想象中要严重得多。

“今年已经住院三四回了吧，”梅姐一边擦桌子一边回答我，“可能真的是年纪大了，快不行了。”

梅姐一语成谶，傍晚时分，我看到苏珊魂不守舍地走进胡同。

哈利去了。

2.

哈利原本的主人并不是苏珊，而是一个叫作陈朴方的男生。

陈朴方是苏珊的同桌，那一年，十四岁的他们正在为了中考忙碌地焦头烂额。青春期懵懂的情愫在学习压力之下蓬勃生长，两个人的“三八线”早已被校服袖子擦得不见踪影。

苏珊放学之后，经常不按时回家，她会刻意在学校多做一会儿作业。陈朴方的数学极好，无论怎样的难题，给他一小会儿的工夫，他都能解开。苏珊看向陈朴方的眼神里，尽是崇拜。

有一次，老师正在讲台上讲课，陈朴方悄悄地从口袋里掏出一盒巧克力，塞进了苏珊的抽屉里。

苏珊攥着巧克力，眼睛一眨也不眨地盯着老师，故作淡定。心里的小鹿却早已“扑通扑通”到处乱撞，她不知所措。巧克力特别甜，苏珊吃的时候，觉得一直能甜到心里。

后来，苏珊就经常在自己的抽屉里发现一些小零食，那是陈朴方把自己零花钱攒下来买给她的零食。苏珊把那些零食都吃了，但是她更加不敢看陈朴方了，仿佛看一眼，她就会失去自己。

苏珊在精品店买了几把彩色的塑料管子，还有一个心形的玻璃罐，藏在书包里悄悄地带回了家。每天吃过晚饭之后，她早早地就进了自己的房间，把门反锁好，开始埋头叠幸运星。

长长的塑料管在她手中翻折，很快就会变成一颗漂亮的星星。每叠完一颗星星，她就会在心里默默记下一个数字。

等叠够一千颗幸运星的时候，苏珊打算送给陈朴方。

3.

然而幸运星才叠了一半，苏珊的秘密就被父母发现了。心形的玻璃瓶子在地上摔得粉碎。

“还有四个月就要中考了，你是不是不想好了？”

“我怎么养了你这么个没出息的闺女！”

“你要把这些星星送给谁？”

“再让我发现一次，你就别上学了！”

苏珊紧紧地咬着下唇，一言不发。她绝对不能把陈朴方供出来，绝对不能。这是那时的她内心十分坚定的一件大事。

父亲用扫帚在苏珊的背上狠狠地抽了几下，母亲拦了好久，苏珊才得救。

那天晚上，母亲跟苏珊谈话谈到深夜，讲的无非是一些大道理：她现在还小，还不是谈恋爱的时候，学业才是最重要的。

苏珊没有回答母亲，她看着那些幸运星被扫帚划拉进簸箕里，再像垃圾一样被倒掉，眼泪扑簌扑簌地往下掉。

母亲着急地询问，她是不是哪里疼，她不答，只是哭。

4.

幸运星被扔了之后，苏珊变得异常小心。

陈朴方送给她的小零食，她都会原封不动地还回去。

“为什么？”陈朴方写了一张小纸条，塞进了苏珊的抽屉中。

“我想好好学习。”苏珊写得很违心。

那之后，苏珊跟陈朴方之间的关系变得很尴尬。苏珊把“三八线”又画了出来，白色的涂改液画的线十分明显，甚至有些刺眼。她小心翼翼，再不敢越过那条线。

一次自习课的时候，苏珊正在做作业，余光瞥见窗口有个人影。等那人离开之后，她抬头，认出了母亲的背影。

就这样，苏珊与陈朴方相安无事地度过了初中最后的三个月。中考结束之后，陈朴方来找苏珊。

那天，天下着蒙蒙细雨，陈朴方撑着伞站在院子外喊苏珊的名字。苏珊跑出来，看到了笑容爽朗的陈朴方，还有他怀里一只可爱的小黑狗。

陈朴方将小狗从自己胸前的书包里掏出来，递到苏珊怀里：“这只小狗特别乖，送给你。”

苏珊开心地抚摸着小狗，小狗黑黝黝的眼睛闪着光，可爱极了。

“它叫什么名字？”苏珊歪着头问陈朴方。

陈朴方将伞整个倾斜到了苏珊头上：“就叫哈利吧。”

“哈利，哈利，好可爱的名字。”苏珊笑着说。

父亲推开院门，看到了陈朴方。

“叔叔好，”陈朴方向苏珊的父亲鞠了个躬，对苏珊说，“你好好照顾它，我走了。”

当着父亲的面，苏珊什么都不敢说，她只是低着头，看着怀中的哈利。陈朴方走了，苏珊在原地站了好久，没有抬过头。

父亲不同意养狗，要把哈利送人。

苏珊抱着哈利不肯放手，她反复央求父亲，难过得哭了起来。最后还是母亲求了情，哈利才在苏珊家里住下。

半个月之后，苏珊听说陈朴方要转去成都念高中，他们全家都要搬走，不会再回来。

苏珊躺在床上一夜无眠，哈利跳上床，舔了舔她的脸，在她怀里睡得十分香甜。苏珊对着哈利小声地说话。

“我喜欢你。”

“我喜欢你。”

“我喜欢你。”

5.

陈朴方离开之后，果然再没回来过。

苏珊最好的朋友变成了哈利，她有什么事情都会跟哈利说。她每天放学都会带哈利沿着巷子一直溜达到河边。哈利一天天长大，没多久，站起来的时候，它的个子已经可以够到苏珊的肩膀了。

高中生活沉闷又无聊，苏珊在父母期待的目光中，每天按部就班地上学、放学、回家，日子就如一潭死水，没有任何波澜，唯一的调味剂，便是哈利。

苏珊的高中离家不远。每天早晨，苏珊骑着自行车去上学，哈利便跟在她身边。哈利跑得很快，但不会超过苏珊，总是和她并行。

到了放学的时候，哈利也一定会等在校门口，看到苏珊推着自行车走出校门，它会冲上去，在苏珊的脸上哈着气舔来舔去。

一次，苏珊放学之后没见到哈利，她担心极了，越想越害怕。哈利会不会像陈朴方一样，从自己的世界里彻底消失？想到这里，苏珊忍不住哭了，她一边哭，一边飞快地蹬着自行车。

过马路的时候，苏珊因为骑得太快，不小心撞到了一辆三轮车。苏珊应声倒地，胳膊和腿都擦破了皮。三轮车主想带苏珊去看医生，但是苏珊根本顾不上，她蹬起自行车就往家里跑。

直到在巷子口听到哈利的叫声时，苏珊心里的石头才终于落了地。她几乎是从自行车上跳下来的，自行车“哗啦”一声摔倒在地，她都顾不上去管。

苏珊循着声跑进自己的卧室，发现哈利躲在床底下。

“哈利！”苏珊伸出手，叫了它一声。

听到苏珊的声音，哈利从床底冲出来，一下子扑到了她的怀里。哈利呜咽着，眼中有泪，偶尔发出两声哀号。

原来那天家里来了客人，客人一眼就相中了哈利，想要带哈利走。

父亲答应了，可等他们去寻哈利的时候，发现它已经钻到了苏珊的床底下。谁靠近它，它就会发出凶狠的叫声。

客人觉得尴尬，夸了一句“这是条好狗”，就离开了。

客人走了之后，哈利一整天都没从床底下钻出来，不吃也不喝。母亲拿手电筒照过去，发现哈利在哭。

“没想到哈利能听懂人话。”父亲说。

“都怪你！”母亲瞪了父亲一眼，把父亲推出了苏珊的卧室。

直到苏珊回到家，哈利才肯出来吃食物。那天，苏珊第一次跟父亲吵架，她的声音特别大，似乎用尽了全身的力气，她冲父亲喊：“不许把哈利送人！不许把哈利送人！”

母亲过来打圆场：“好了好了，你爸他只是开个玩笑。”

“开玩笑也不行！哈利是我的！谁也不能送走它！”

第二天一大早，苏珊不肯去上学。她此前都不知道，自己原来如此倔强，直到父亲向自己保证再也不会把哈利送人，她才肯去学校。

6.

哈利生小狗的时候，苏珊吓坏了。

她守在哈利旁边，小声地喊着：“加油！”她特别害怕，看着哈利虚弱的样子，紧紧地抓着母亲的手，不知所措。

“哈利会死吗？”

“妈妈，我们送它去医院吧！”

“妈妈，我害怕！”

母亲轻轻拍着苏珊的背，安慰她，但是苏珊的心始终被揪着。这是她第一次见到生育的场景，她一晚上没合眼，陪着哈利。

天快亮的时候，哈利生了三只小狗。苏珊笑出了眼泪，她趴在哈利的头上亲了好几下，把事先准备好的红糖水拿给哈利喝，还给哈利煮了肉末粥。

刚刚出生的小狗只有苏珊的手掌那么大，眼睛还是闭着的，噘着嘴在空气中找奶吃的样子可爱得不得了。苏珊帮小狗们衔住了奶头，轻轻摸了摸哈利的头，这才终于放心。

“你生我的时候，是不是也特别辛苦？”苏珊问母亲，她看了一晚上哈利生育的场景，突然想到了自己的母亲。

“我早都忘了。”母亲笑着揉了揉苏珊的头发。

苏珊想起小时候，母亲和姨妈聊天时的场景，她记得母亲说过，生自己的时候难产，生了两天两夜。

苏珊回过神抱住母亲，在母亲的脸颊上印了一个吻。她突然发现，自己已经和母亲一样高了。

哈利生小狗的消息传出去之后，就有很多亲朋好友上门来看小狗。还在襁褓中的小狗，就已经被打上了别人的标记。刚满月，小狗们就都被大家领走了。

小狗被领走的那天，哈利看起来失落极了。它趴在苏珊的脚边，偶尔哼唧两声，连平时最爱的猪肝也没动一口。

哈利的情绪过了一周才好一些，苏珊得空的时候就一直陪着它。有些事情，苏珊也无能为力，父亲能把哈利留下，已经不容易了，他绝对不会允许苏珊再留下哈利的孩子们。

“这狗吃得比人都多，谁养得起？”苏珊想起父亲的话，就把哈利抱得更紧了。

7.

高三那年，苏珊明显感觉到父母之间的关系变得微妙起来。

她回家常常都见不到父亲，问起来，不是去打麻将，就是去跟朋友喝酒了。有时候，父亲一个礼拜都不回家。

苏珊经常在深夜听到父母的争吵，但是听不清他们在吵什么，有时候争吵声还会夹杂着摔东西的声音。这一切，都让苏珊感到不安。

她曾试着询问母亲，母亲只是笑着跟她说没事儿，父亲喝了酒脾气大，难免会争吵。母亲让她别操心，对她说，她目前最重要的事情是学习，千万不要因为其他的事情而分心。

母亲的话，明显是在搪塞苏珊，苏珊问不出来什么，只得作罢。只要苏珊在，父母就相处得十分客气，但这客气明显让苏珊感觉到生分。她隐隐觉得父母之间出现了很严重的问题，但她又说不上来。

高三的生活让苏珊有些喘不过气，父亲给她挑选了几所好的大学，让她以此为目标努力学习。苏珊每天晚自习结束，都接近十点，母亲不放心，便总是去接她，哈利也会跟着母亲一同去。

苏珊在夜色下，骑着自行车，母亲就坐在后座，哈利跟在旁边一路小跑。

有时候苏珊会唱歌，唱的都是母亲喜欢的老歌。

苏珊唱歌的时候，母亲也会跟着和，那是苏珊一天中最放松的时光，连哈利也会冲着她们“汪汪”地叫两声，似乎是在替她们喝彩。

回到家中，母亲就会变魔术似的，为苏珊端上一碟美味佳肴。母亲总是让她多吃点儿，养好了身体，才能好好学习。

苏珊发现母亲的鬓边已经有了白发，她伸出手帮母亲拔掉，可再仔细看，拔了这根总还能发现那根。

“算了，人上年纪了，哪能没有白头发，拔不完的，”母亲拨开苏珊的手，缓缓攥在自己的手心里，“妈啥都不求，妈只想你能有出息，考个好大学，妈就放心了。”

8.

苏珊每天都会做很多题，她不想让母亲失望。她在想，或许父母是因为自己的学习烦心，她能做的，就是尽最大的努力，让他们放心。

苏珊高考发挥得不错，如愿考上了上海的一所知名大学，领录取通知书那天，父母去民政局领了离婚证。

苏珊拿着通知书兴奋地跑进院子，哈利跟在后面“汪汪”地叫着。苏珊顾不得擦脸上的汗珠，把通知书放在父母面前，开心地说自己考上了。但是家里的气氛有些怪异，母亲笑起来的样子有些勉强，而父亲则坐在沙发上，一直在抽烟，眉头皱得很紧。

“苏珊，”父亲把烟掐灭，缓缓地抬起了头，“有件事情，爸妈想跟你说。”

苏珊最担心的事情，还是发生了，她有些不敢相信，坐在那儿不知道该说什么，也不知道该做什么，她紧张地看着母亲，希望母亲可以告诉她，父亲只是在开玩笑。

但是母亲却对她说：“是真的，我们刚在民政局办完手续。本来早都要离了，怕影响你高考。”

“明天爸就搬出去了，以后跟着你妈乖乖的，要听话。”父亲又开始抽烟了。

苏珊没答话，径直走出了门外。哈利紧跟在她身后，偶尔用头蹭蹭她的腿，她也没理。她感觉好像天塌下来了，她的神智被什么东西抽离了，那时候的她，就像是一副躯壳，漫无目的地在大街上走。

那天的月亮又大又亮，路灯把苏珊和哈利的影子拉得好长，她坐在路边，抱着哈利痛痛快快地哭了一场。

9.

父亲从家里搬出去之后，苏珊就整日把自己关在家里不说话。

苏珊的闺蜜来找她，邀请她一起去毕业旅行，同行的还有四五个同学。苏珊原本是不打算去的，但是听到其中一个同学说目的地是成都，便犹豫了下。

陈朴方在成都。

苏珊想了想，最后答应了。

事实上，苏珊在成都待了一个星期，根本没有见到陈朴方。有同学试着跟陈朴方联系，得到的回复永远都是“对不起，您拨打的电话已停机”。

苏珊在成都的街头漫无目的地走，她往最繁华的地方去，在人堆里寻找。她想，或许她和陈朴方是有缘分的，老天眷顾，会让他们再次相遇。然而老天并不曾眷顾苏珊，她始终没能遇到陈朴方。

有时候苏珊觉得特别不公平，为什么陈朴方那天来送哈利的时候，什么都没告诉她？如果她知道自己再也见不到陈朴方，一定会勇敢一些，和他告别，告诉他自己曾经想要送给他一千颗幸运星。

可这世间哪有那么多凑巧的事情呢？苏珊带着失望离开了成都，她在临上火车的前一刻，还在频频回头，但是希望一次又一次破灭。

命运总是弄人，就像她和陈朴方，就像她的父亲和母亲。有些人一旦分开了，可能这辈子都无法再走到一起。

苏珊回到家中的时候，父亲已经搬出去了。母亲坐在院子里的躺椅上看书，头顶上的老槐树投下好大一片阴凉，叶子被风吹得沙沙作响。哈利趴在母亲脚边睡着了。

听到苏珊的脚步声，哈利一个激灵猛地站起身，扑到了苏珊的怀里。

还好，还有母亲，还有哈利，苏珊觉得自己并不孤单。

10.

大学生活对苏珊来说，其实没有多大的区别，除了恋爱。男生对苏珊很好，两人性格也比较合得来。

他们在一起两年多，只是临近毕业的时候，还是分了手。苏珊一个人跑到学校外面的小酒馆买醉，她喝得醉醺醺的时候，有男人不怀好意地靠近她。她赶紧给同学打了电话，十分钟后，被同学送回了宿舍。

苏珊回宿舍时，手里还拎着一瓶酒。她觉得自己的酒量还不错，第一次喝酒就能喝这么多，或许是遗传了父亲的基因。

苏珊吐了很久，躺在床上，浑身乏力，但大脑还在不停地转啊转，转得她头疼。她一直在想分手的场面，觉得心里空落落的。

男朋友要留在上海打拼，他规划好了两个人的未来，五年买房，十年结婚生子。但是这计划，不是苏珊的计划。

苏珊终究还是舍不得家，她心里惦念着母亲，还有哈利。男朋友认为，结婚之后应该独立，跟父母分开住，还有，他并不喜欢狗。

苏珊虽然性格温柔，却也有着自己的坚持和倔强。家人是她的底线，是她绝对不会做出让步的地方。

那么，唯一的结果，就是她必须牺牲自己的爱情。

11.

毕业之后，苏珊回了大理，一边工作，一边考公务员。一年以后，苏珊如愿以偿地考入大理的公职部门。这是母亲所期望的，也是苏珊认为最好的归宿。

苏珊觉得，自己是属于大理的，这里的一草一木，一粥一饭，都是她熟悉的味道。还有哈利，每天陪伴她上下班，令她安心。

苏珊的工作稳定下来之后，很多人开始张罗着给她介绍对象。苏珊本来不着急，但是母亲总是在催促她，毕竟小城里的女孩子们，结婚都会早一些。

苏珊见过几个条件不错的对象，也试着相处过一两个，但似乎总是哪里差了些感觉。这些人在她的生命中来来往往，就像过客一般。

那天，相亲的男生约苏珊一起去看电影。苏珊见了那个男生两次，挺好的男生，母亲也说他各方面条件都不错，只是苏珊并不喜欢。男生太强势，喜欢安排一切，也不太懂得考虑苏珊的想法。苏珊一直想找个机会，跟对方说清楚。

电影是苏珊选的，文艺片，她看得出来男生并不感兴趣。她因为一个镜头快要落泪时，男生把爆米花嚼得嘎吱作响。

到后来，男生断断续续打起了哈欠。

电影散场之后，苏珊去卫生间，男生说他先出去，在大厅等。

女卫生间队伍排得很长，一直排到过道，苏珊等待的时候，看到了陈朴方。她不太确定那是不是他，这么多年未见，他有些变样，但是那种熟悉的亲切感是不会错的。

陈朴方即将擦身而过的时候，她小声叫了陈朴方的名字。陈朴方转过头，等看到苏珊的时候，先是一愣，随即眼神里盛满了惊喜："苏珊！"

两个人走到了旁边叙旧，说起自己初中的趣事，陈朴方兴奋得手舞足蹈。他这次回来是探亲，至今还是单身。

听到这个消息的时候，苏珊的眼睛亮了一下。她想要告诉陈朴方，关于那没有叠完的一千颗幸运星，还有她去成都找他的事情。

但是苏珊根本没来得及开口，她的手便被人握住了。是相亲的男生。对方等了她许久，最后折回来找她。男生感觉到了他们之间不寻常的气氛，笑着揽了一下苏珊的肩，问道："姗姗，他是谁呀？"

陈朴方怔了一下，随即笑道："我是她初中同学，十几年没见了。"

男生接着说：“我们正要去吃饭，你要不要一起？”

“不用了，我还有事情。”陈朴方客气地道别，向外走去。

苏珊感觉到男生手上的力度变紧，她眼睁睁看着陈朴方走远，却不知道该怎么办，陈朴方还回过一次头，对她笑了笑。

苏珊心里揪得难受，男生问她怎么了，她轻轻挣脱男生的手：“没什么，我先去卫生间了。”

12.

回到家之后，苏珊很生自己的气，她气自己为什么没有将那些话说出来，她气自己没有跟陈朴方解释。

相亲的男生送她回家的时候，再次向她表白，她拒绝了。男生拉着她的手，不让她进门，俩人小声争执着。哈利闻声冲了出来，对着男生一阵叫，男生识趣地走了。

苏珊找了好几个同学，他们都没见过陈朴方，也联系不到他。苏珊那几日失魂落魄，做什么都没有心情。她以为自己会号啕大哭，但却没有，苏珊觉得自己连落泪都不再似从前那般轻易了。

唯一的好消息，是苏珊的父亲回来了。

父亲提出跟母亲复婚，原本苏珊是不同意的。这么多年，苏珊从没提过父亲。她知道父亲当初走得不体面，因为出轨，如今也生活得不幸福，年纪大了，又念及她和母亲的好，想要落叶归根。

苏珊本想着，若母亲不同意，她会坚定地站在母亲这一边，不给父亲机会。但是看到母亲妥协时，她也跟着心软了。她明白，这么多年，其实母亲和她一样，都在期待父亲回家。

父母去民政局的那天，苏珊假装什么事都没发生，和往常一样洗漱化妆，骑车去上班了。哈利当然还是她的小跟班，只是年纪已经大了，跑不了特别快。而且苏珊的自行车早已经换成了电动车，哈利根本追不上。

但哈利依旧每天要送苏珊，如果苏珊不让它跟着，它就会呜咽呜咽地不开心。于是苏珊便让哈利坐在电动车前面的踏板上，载它一起去单位。

单位的人也都很喜欢哈利，每天哈利去了之后，就待在门卫室，陪门卫大爷一起玩。中午，同事们会从食堂带些肉骨头给哈利吃。到了下班的时候，哈利再坐苏珊的电动车和苏珊一起回家。

哈利的身体一天不如一天，医院的检查结果是肾衰竭。自那以后，哈利就没再陪苏珊上班。它每天早上跟苏珊告别之后，就趴在院子门口的空地上晒太阳，有时候是眯着眼睛睡觉，有时候，就那么看着路上来来往往的行人。

哈利去世的那天，苏珊踉踉跄跄地从医院回来，她把哈利埋在了院子下面那棵老槐树下。她也养成了母亲的习惯，每天都要在老槐树下的躺椅上眯一会儿，阳光透过树叶的缝隙洒在地上，仿佛哈利还伏在她的脚边。

相亲的男生向苏珊求了婚，尽管她是拒绝的，但是男生一直在追她，并没有放弃。其实男生除了有些强势之外，也没什么不好，为人孝顺且正直。

苏珊想，过完年再说吧。

过年的时候，如果还见不到陈朴方，那或许他们两个之间，真的只是有缘无分。到那时，苏珊决定擦掉脑海中的回忆，重新开始。

13.

冬天的时候，大理的街头也并不冷清，冬樱树上花团锦簇。路边的烤红薯散着香气，苏珊每次骑着电动车路过的时候，都会停下来买上一只，她会将电动车停在一旁，坐在座位上吃完才走。那是属于她和哈利的时光，从前哈利还在的时候，也总是馋这一口。

吃完烤红薯，苏珊也该回家了，要不然她爸又该叨叨她回家太晚。父母复婚后，父亲像变了个人一样，怕她回家晚，怕她过得不高兴，有次甚至问她：“要不要买只小狗给你？”她摇摇头，于是父亲便再也没有提过这事。

到巷子口时，有个小孩子飞奔而出，苏珊急刹车，整个人跌倒在地，脚脖子顿时红肿一片。

苏珊扶起电动车，要走的时候，听到一个熟悉的声音。

“你好，请问苏珊还住在这里吗？”

她回过头，是陈朴方，他的怀里抱着一只黑色的小狗。

就像是哈利一样。

是陈朴方啊。

贰 各有渡口，各有归舟

1.

风筝的咖啡店叫等一个人咖啡，开在最热闹的地段，却与其他的店面不同。

没有那些花里胡哨的装饰，一水儿全是些琴叶榕、龟背竹之类的绿植，就连店里播放的音乐也都是安静的钢琴曲。

在风筝的店里鲜少看见店员，咖啡都由风筝自己来做，从研磨到拉花，一个人忙前忙后，从未听她喊一声辛苦。咖啡口感十分地道，价格却并不高，这成了我常光顾的理由。

一来二去，我也就这么跟风筝熟悉了起来。人多的时候，我偶尔会帮她打个下手，不忙的时候嘛，我就坐在临窗的位置写故事。有天刚写完一个故事，喝咖啡时，发现风筝在看我，我冲她笑了笑："想什么呢？"

她问我："能不能写写我的故事？"

于是我便听起了她的故事。

2.

其实风筝大学毕业之后，就来了大理。只不过待了两年之后，离开了一阵子。等她再回来，大理的街道，已经成了游客们聚集的地方。

风筝的故事，是从一封信开始的。

那天，大理的天色微微亮的时候，风筝趴在冰冷的地板上写了一封长长的信。她已经很久都没有写过字了，写到最后的时候，墨水用完了，她用力甩了几下钢笔，对着笔尖哈了好几口气，然后她发现自己的衬衣上出现了一道黑色的墨迹，像是一串长长的回忆。

风筝突然就笑了。

她在网上看到一个很温暖的帖子，帖子的内容是召集大家一起来写一封信，给一年以后的自己。跟帖人写出自己所在的城市，可以找人替你保管信件，一年以后寄还，也可以留下自己的信息和要求，替别人保管，一年以后寄回。

风筝跟了帖，她写道："希望可以找到一个在内蒙古鄂托克旗长大的人，替我保管一封信，一年之后寄给我。"

天亮的时候，风筝写完了信，然后她看到邮箱的回复，小心翼翼地抄下了地址，关掉电脑，穿上鞋子出了门。

风筝沿着长长的巷子走，对每一个遇见的人微笑，她穿着大大的衬衫裙，小腿露在外面，风吹来的时候，忍不住打了个寒战。

拐过几个弯，终于到了邮局，风筝又低头看了一眼手里的信，走了进去。

邮局刚刚开门，里面打着哈欠的柜台人员是个上了年纪的阿姨。风筝注意到她的手指上戴着一枚铜戒指，很紧，不合适。她文了眼线，眼角的鱼尾纹随着表情浮现，风筝突然很想伸出手去摸一下。她要了两个信封，还有两枚邮票。一个信封上的收件人写了自己的名字，另一个的收件人是陈亚琴，那个邮件主人的名字。她甚至不知道这个人是男是女，是多大年龄，她只想寄出这么一封信。

风筝把信装好，贴上一枚邮票，另一枚放进信封，封上胶水。在封口处轻轻印了一个浅浅的唇印。

风筝没有把信交给柜台里的女人，而是转身走了出去，放进了门口的邮筒。

早上九点钟的大理并不热闹，很安静。邮筒静静地立在那里，像是陈年往事。风筝微笑，转身。

然后是飞驰而过的汽车，她在转身的时候只来得及看到自己散乱的发梢。

3.

冯染之走到小区门口的时候，被门卫大爷叫住，递给她一封信。

她拆开信封，另一封信从里面掉出来，掉出来的信封没有封口，只是随意地折了一下。她盯着简单秀气的字体，在想，这应该是什么样的一个人呢，肯定也是个女孩子吧。

冯染之的手指在信封口擦过了好几遍，最终还是没有把里面的信拿出来。她举起信封对着光，隐约看到了模糊的黑色字迹。

真好，白纸黑字。这是她这辈子收到的第一封信。这个年代，早就没有人写信了。

冯染之转着轮椅上楼，电梯开了，是久生温暖的笑容。他说："你去哪里了，外面车那么多，以后出去叫上我。"

冯染之笑着说："好。"她把信偷偷压在裙子下面，在电梯升上十三楼的过程中，她一直在笑，她觉得今天真是美好的一天。

冯染之的秘密几乎是从收到信的那一天开始的。此前的她几乎完全是个透明人，一条腿没有任何知觉，无法走路，只能坐在轮椅上。每天的日常生活是被家人照顾，一直都是。她没有朋友，十九岁的她，去过最远的地方就是巷子口的冰淇淋店。

她甚至没有去学校念书，父母请了家庭教师，从小学一年级开始，她的课程从来没有落下过。其实她想出去，只是她每次走到小区门口就会被门卫大爷和蔼的笑容拦下来。

除了念书，每天做的最多的事情，大概是对着窗外的风景发呆，偶尔会打开电脑，直到久生的到来。久生会陪着她聊天，讲故事给她听。

而关于这封信，也是她无意逛到一个论坛，看到一个女孩子的回帖，便发了地址给对方的站内邮箱。她手里攥着那封信，那是她的小秘密，她把它放进粉色的糖果盒子里，塞进柜子最里面。

久生在厨房忙碌，叮叮当当，他说："冯染之，今天晚上想吃什么。"

她盯着他的背影，很宽的背。久生个子高所以显得有些微驼。她一直在想，如果有一天，自己能够站起来，从背后抱着他的感觉应该会很好吧。

每次想到这个的时候，她都会自嘲地笑，嘴角的落寞轻易地就露了出来。如果不是那场车祸，她想，大概久生也不会留下，就像小时候所有来家里的孩子一样，天黑了，就会回去，家里又是她一个人。

两年前的车祸让冯染之失去了父亲，而车祸的原因是，身为大学教授的父亲，在开车的时候接了学生久生的电话，没顾到前面突然驶来的大卡车。

那天之后，久生就住进了他们家里，她不知道这是母亲的想法还是其他。久生并没有表现出任何的委屈，也没有让她感到不舒服或内疚，只是像照顾妹妹一样陪在她的身边。

尽管久生时常对自己笑，冯染之却感觉不到他的快乐，正如她感觉不到自己的快乐一样。她总是在想，有一天，久生一定会离开这里，就像自己也会离开这里一样。而那时的他们，是否还会这般相亲相爱？

4.

风筝醒来的时候，就看到了余小江。

没有什么大碍，她只是受了点儿皮外伤。护士说，司机把她送到医院就不见了，手机里最近的联系人是余小江。

风筝努力地挤出一个笑容，她还是很幸运的，只是皮外伤，司机还把她送来了医院，只是由于她体质较弱昏睡了一下午。

余小江接到电话直接买了机票飞过来。风筝看了他一眼："没事，我很好。"小江用手指弹了她的额头："叫你乱跑，过马路不小心，不是说要回老家吗？怎么一直在大理？"

风筝不说话，抿着嘴笑。她把头转向窗外的时候，看到了合欢树，风吹过，呼啦啦地响。粉红色的花像毛球一样，开了一窗户。她伸手想去够，扯到伤口，疼得龇牙咧嘴。

余小江把她按到床上，直叹气。喂她吃粥，她摇头，没胃口。

在医院休养的两天里，余小江一直在她的耳边喋喋不休，碎碎念着家里的小事情。他说："咱家的母猫生了一窝小猫咪，可惹人爱了，可是我养不了咋办，你赶紧好吧，跟我回去。我的裤子挂了个口子，等着你回去给我补。我的记性越来越差了，做菜老是忘记放盐。"

风筝把头埋在枕头里，长长的头发遮住了面颊，她呼吸着空气中的果香，是余小江在给她削苹果。其实她不爱吃苹果，但是从来都没有说过，而余小江也从来没有问过。

风筝出院的时候，小江一直拉着她的手，他把她挡在自己身体的右侧，以便让她远离过往的车辆，他的眉头微微皱着，另一只手扬得很高，一直在向路过的出租车招手。

风筝看着他的侧脸，盯了很久，然后她发现，自己印象中余小江的脸是模糊的。

5.

等风筝恢复得差不多，余小江买了机票，把风筝接回了贵州。

刚走到楼下，余小江的父母就迎了上来。风筝七岁的时候，家里一场大火，她是唯一的幸存者，后来她被父亲的同事余伟收养，跟他的儿子余小江一起长大，直到大学毕业，风筝去了大理。

风筝一走就是两年，余小江每天都会给她打电话，劝她回来。如果不是家里的生意忙不开，余小江早跑去大理陪风筝了。

余小江喜欢她，对她的呵护无微不至，风筝第一次看到他的眼神时，就很清楚。可大多数时候，风筝喜欢一个人静静地待着，却一次次被他打扰，直到念了大学，余小江依然会每个星期坐很久的火车去她的城市看她。

很多时候，风筝觉得自己安静得像一株植物，不说话，甚至没有表情。她在房间里反反复复地听一首歌。余小江会隔三岔五地敲门，一会儿是甜点，一会儿是毛绒玩具，一会儿是女生喜欢的发卡，殷勤得让风筝羞愧。然而她始终不知道该如何与人亲近，这大概是骨子里带来的，又或是年少时的阴影。

她在一个夜晚，从窗户跳了出去，直奔机场，买了当日最近一趟飞往内蒙古的航班。她不知道自己为什么会这么做，只是在刚要入睡的时候，想起自己寄信的那个城市，就再也抑制不住内心的冲动。

风筝在离开的时候，在桌子上留了字条，很简单的几个字："我出去几天，勿念。"

她写这些字的时候，甚至可以想到余小江暴跳如雷的场景，然而她顾不得这许多。她的心脏很脆弱，医生说，如果保护得好的话，她最多也就是活到五十岁。其实，她不觉得自己可以长寿，也不认为自己的一生需要那么长久。

6.

从机场出来的那一刻，风筝只觉得天旋地转，向一边倒去。

久生扶起她的时候，手些微颤抖。他似乎在哪里见过这个女孩子，然而记不清了，她的眉眼很好看，低低地垂着，睫毛轻颤。

风筝缓了一阵，一抬眼便看见了久生。她努力在自己僵硬的脸上挤出一个微笑："谢谢。"久生对她礼貌地笑，问风筝去哪里。风筝记不清了。

“我看一下。”等风筝想起自己的手机时，手机早不知道被她落在了哪里。

久生是开车来机场接同学的，风筝正好没地方去，就陪着他坐在大厅里等人。一直等到快天亮，久生的同学发来微信说，因为航空管制，飞机延误得太久，家里又临时出了变故，于是半路回家了。

久生问风筝的打算，风筝摇头说：“不知道，只是想来看看。”久生笑了笑，给冯染之打电话。冯染之在电话那头爽快地喊风筝来家里玩。自从母亲改嫁，她就一人住在父亲留下的房子里。母亲按月寄钱，有了久生的照顾后，更是管得少了。

冯染之喜欢有人陪伴的感觉，她不需要安慰，只是需要陪伴。

风筝跟着久生去冯染之家。

刚进小区，就看到了坐在轮椅上的冯染之。清秀的脸，弯弯的笑眼，真好看。风筝忍不住笑着过去摸她的脸，冯染之僵了僵，旋即舒展，她说：“你好，我是冯染之。”

“你好，我是风筝。”

久生脱下外套给冯染之披上："傻，穿这么少下楼。"说话时候的语气很淡，至少在风筝听来是这样的。风筝低着头跟他们往前走，看着电梯在十三楼停下。

7.

风筝的睡眠很少，大部分时间是趴在窗台上发呆，不开灯，偶尔喝点水。她发现冯染之房间里的灯一直是亮着的，整夜都不关，门缝里透出微弱的光。

有缺陷的人，总是害怕黑暗。天快亮的时候，风筝侧身在床上静静地睡去了。

冯染之很晚也没睡，她手里拿着风筝寄给她的信，对着耀眼的日光灯，来来回回地在空气中晃动，直到一张叠得整齐的信从信封里掉出来。信纸落在地上的声音很轻，可在寂静的夜里却能被清晰地听到。

她捡起信纸，手心里捏出了汗，始终没敢打开。她知道，对面房间睡着的女孩子，就是这封信的主人。冯染之当时留的名字是陈亚琴，那是她母亲的名字，可母亲不在这里住，所以收到信的，一定是她。她没有想到风筝会被久生捡到，那个女孩子，话很少，不苟言笑，似乎心里有着很深的秘密。

一直到天亮，冯染之始终捏着那封信，最终，还是打开了。看完信，她盯着窗外出神了好久，然后默默地再把信放回那个粉色的糖果盒子，塞进柜子的最底层。

她整了整衣服，摸索着坐到轮椅上，准备去卫生间。刚推开门，就看到久生端着早餐往餐桌上放。

久生来了之后，冯染之便辞退了保姆，她不喜欢家里有陌生人存在。久生是她很亲近的人，而风筝，对她来说是很特殊的人。

早餐很丰盛，每个人都在低头吃着，屋子里寂静得能听到呼吸声，冯染之突然间就觉得很难过，吃着吃着，眼泪就掉下来了，混进红豆粥里，有点咸。

久生递给她纸巾，问她怎么了，她摇头说："我想去放风筝。"

8.

风筝便和久生一起，推着冯染之去公园。风太大，他们的风筝在空中摇摆不定，冯染之不懂扯线和放线，风筝在她手上没多久，线就断了，越飘越远，最后栽下，不知道落在了哪里。

久生给冯染之裹外套的时候，风筝从后面拉住了久生的手。久生顿了顿。

冯染之的声音传来："久生，别对我这么好，以后你走了，我又是一个人了。"

久生忙抽出手，揉乱冯染之的头发："傻，我不会走的。"

"久生，别骗我了，你过年就会回家了吧？为了我，你已经两年没回家了，我不想拖住你。"

久生没说话，只是从后面轻轻顺着冯染之的头发。良久，久生笃定地说："我不会离开你的。"

那天回家的路上，每个人都没说什么话，每个人都有自己的小心思。

晚上睡觉，风筝照例是不开灯的。她透过虚掩的门，看到冯染之房里的灯依旧亮着。回过神，就看到门前一闪而过的身影朝客厅去了。

她知道那是久生。

风筝轻轻开门。久生坐在客厅里一动不动，只有月光洒在他身上。风筝走过去，慢慢俯下身子，用自己的唇碰了碰久生的唇。

她吻了久生。

久生坐在那里，化石一般，一动也不动。

风筝说：“晚安。”

9.

风筝在这里住了七天，第七天夜晚的时候，她去敲久生的门。“咚咚”的声音在走廊里回响，衬得一整条走廊空空荡荡。

久生打开门，风筝便抓住他的手放在了自己脖子上：“你的力气足够大吗？”

久生像是受了很大的惊吓，甩开风筝的手，跳着往后退了一大步。他嘴巴张得大大的，却不出声，愣愣地站在那里，不知所措。

风筝靠近一步，久生后退一步，就这么僵持着。风筝停下来点了一支烟，微弱的火光在夜色里忽明忽灭，她抽完最后一口的时候说：“久生，我们做个了结吧。”

刚说完这句话，风筝的瞳孔突然放大，她觉得疼，蹙紧了眉头。风筝踉跄地转身，她看到了冯染之。

冯染之跛着一条腿，手里攥着一把水果刀，喃喃着说：“别伤害久生。”风筝只觉得眼前一黑。

久生吓傻了，清醒过来后，抱着风筝就冲出了门。

冯染之止不住地哭：“对不起，对不起……久生……”然而久生什么都听不到，他只是抱着风筝一路狂奔。

10.

风筝醒来了，但她没有睁眼，她知道久生就在自己身边坐着，或者还有冯染之。她感觉自己的手被谁握着，暖，但是疼，钻心地疼。

她混混沌沌地听到久生和医生的对话，她的伤没什么大碍，只是本来体质就弱，心脏不太好，受了刺激加上失血过多，导致了昏迷。

中午久生出去吃饭的空档，风筝忍着疼偷偷从病床上下来，她借了护士的手机给余小江打电话。

余小江当天便出现在了医院里，风尘仆仆地什么也不管就带了风筝回家。一路上，他像是把风筝当瓷娃娃一样，不敢碰、不敢动，生怕扯到风筝的伤口。他问风筝怎么回事，风筝不是笑，就是说自己不小心。

余小江气得直跳脚，却拿她没办法。他太了解风筝，风筝不想说，就死都不会说。

风筝在飞机上睡得很香，这是她一个多星期以来，睡得最香的一次。她在梦里见到了小时候的久生，久生笑得很开心，和小时候的她一起玩捉迷藏。风筝每一次都能找到久生，可久生每一次都找不到风筝。

是的，风筝认得久生。在机场的时候，风筝一眼就认出了久生。

小时候的风筝和久生就住前后楼，他们从小在一处长大。

那是阳光特别好的大年初一。

穿了新衣裳的风筝刚吃完午饭，就听见久生在楼下喊她。她跳下椅子，拿起还没拆包装的鞭炮就往外跑，可没过多久，又折了回来。

父亲无奈地把刚点上的烟递给她："当心啊！离远点！"

风筝开心得不得了，叫着："知道，知道了！"就跑了个没影。

对小孩子来说，鞭炮总是不够放。一支烟还没燃多少，他们手里就没"存货"了。

风筝带久生回家里"补给"，发现父母睡着了，于是把烟往久生手上一递，蹑手蹑脚地走过主卧，朝着客厅尽头的柜子移。

风筝轻手轻脚找了好半天，什么也没找到。她不甘心地打了个手势，示意久生自己要去卧室看看。

久生站在沙发边，就看着风筝踮起脚、猫着腰，整个人都贴在墙上往主卧里挪。风筝摇摇晃晃，迈着奇怪的步伐，走一步停两步，逗得久生直想笑。

风筝一记眼刀投过来，久生绷着脸，涨得满脸通红。风筝瞧一眼床上熟睡的人，继续往里挪。

久生憋笑憋得眼泪直在眼眶里打转，又不能笑出声，前俯后仰间整个人都要站不稳了。好不容易挨到电视柜前，风筝轻手轻脚地拉开抽屉……久生憋不住了，往地上一蹲，捂着嘴还是笑出了声。

风筝一听不对，“嗖”一下跑出卧室，拉了久生夺门而出。下了楼，久生放开了嗓子笑得再无顾忌，“哈哈哈哈”的笑声引得别的小朋友都来问怎么了。

风筝没好气地骂：“都是你！害我没找着！”

可院子里那么多孩子，总有兜里不缺鞭炮的。几个孩子放完了，就跑远了找了个地方玩捉迷藏。

风筝每次都能找到久生，可久生却找不到风筝。

到了吃晚饭的点儿，一群孩子三三两两地往回跑。风筝拉着久生刚进院门，就发现院子里站满了人。红色的车、冒烟的楼、湿漉漉的地面……

风筝家里着火了，两个大人抢救无效死亡。

后来，邻居们说，起火原因没调查出来，当老师的家里书太多，都是易燃物，一点就着。

再后来，说烧得最严重的是客厅。

只有风筝知道，她在客厅把烟递给了沙发边的久生。

那一天，是大年初一。

那一年，风筝七岁。

梦里，久生依然没找到风筝。

那之后，久生一家就搬走了，在风筝的生活中消失得无影无踪。

其实风筝一直都知道久生在哪。现代社会，只要有心，找一个人实在没有那么难。只是她没想到，收信的是冯淤之。

她从来都觉得命运是充满玩笑和不公的，看起来，果然如此。她在信的最后写："久生，我想让你偿命。"

调养了半个月之后，风筝渐渐恢复了健康。她去拜祭了自己的父母，她已经很久没去看过他们了。

墓碑旁边的草又长了出来，风筝一根一根地拔着，累了，就坐在地上。风筝的指尖轻轻滑过墓碑，眼泪就出来了。余小江从身后抱住她：“风筝，你放心，我不会离开你的。”

风筝笑，闭着眼睛笑，一边笑，一边掉眼泪，最后，歪在余小江的怀里睡着了。风筝感觉余小江温柔极了，他似乎总是对自己很温柔，从七岁那年自己到他家里的时候便是如此。

11.

久生疯了一般，到处找寻风筝的下落。

他的脾气变得异常暴躁，很少吃东西，拧着眉开始抽烟。他其实不会抽烟，总是被呛到流眼泪。

冯染之躲在门后哭，她不知道自己当时是犯了什么迷糊，她只记得看完那封信后，自己就只想保护久生。

那封信很长，写了风筝这些年来的琐碎生活，只有最后一句话提到了久生。那句“久生，我想让你偿命”像一根针，扎在冯染之的心尖上。

冯染之很痛苦，那晚之后，久生就没怎么说过话，虽然每日照旧打理她的生活，却像是丢了魂，冯染之说什么，都等不来应答。冯染之想过，如果风筝要伤害久生，她愿意替久生承受。但是，她不知道自己怎么就从受害者变成了加害者。

一切都已经来不及了。

12.

再回大理的那天，是风筝二十六岁的生日。

那天晚上，对着蛋糕，她默默地许了一个心愿。余小江问她许的什么愿，她只是笑着不回答。然后余小江就站了起来，当着全家人的面说："我也有一个愿望，我想娶风筝。"

风筝的心突然颤了一下，下意识地想要拒绝。然而，没等她开口，母亲就接过了话，她说："小江，你们还小，现在说这些事情还太早。"

"不早！"余小江的眼睛紧紧盯着风筝，毫无退让。风筝避开他的眼神，笑着说："阿姨，他逗你们呢，今天我生日，他想让我开心。"

风筝举着酒杯，余小江盯着她的眼神渐渐暗下去，他仰着脖子又说了一句："我没开玩笑。"

整个夜晚的气氛变得很尴尬，风筝说累了，便早早回房休息。夜里，她起来喝水，经过余小江父母的房间时，听到里面细碎的说话声。

她听到自己父母的名字，脚步停了下来。

没过多久，她有些绝望地回了自己的房间，脚步踉跄，眼泪怎么也止不住地往下掉。她反锁了门，蹲在墙角，张大了嘴巴，使尽了全身的力气喊叫，然而却没有发出任何声音。

原来，当初余伟夫妇收养她，不是可怜，不是疼爱，是因为钱。

风筝的父亲给风筝存了一笔年金，等到风筝年满二十岁的时候，便可以取出来，那是一个不小的数目，八十万。

余伟夫妇一直在房间里嘀咕的，是如何才能让风筝签字，把钱转给他们。她听到余阿姨说："我们养了她十几年，不是白养的。"

风筝给自己点了一支烟，脑子里如过山车一般乱糟糟的。没抽几口，就将烟按在地上捻熄了。一如她的心。

13.

风筝的故事，讲到这里就停了。

"所以你又回到了大理，并且开了一家咖啡馆？"我问风筝。

"是，用我爸给我存的那笔年金，余叔叔到底还是将钱给了我，人心虽然有偏向恶的时候，但总会被善拽回去的，”她苦笑了一下，“其实那笔钱，只要他们开口，我愿意给他们的。”

是啊，被命运亏欠过，但仍抱着善意的人，势必会有好事发生的。

“那冯染之跟久生呢？”这是我最在意的问题。

“我收到了当年寄存的那封信，也收到了染之写给我的信。染之说那之后，久生就离开了。再往后，她遇到了一个不错的人，嫁了。”风筝喝了一口手中的咖啡，一双眼睛向着熙熙攘攘的人群中去了。

这是开在最热闹地段的一家咖啡店，门前就是人来人往的街头，抬眼便是各色的容颜。

叁

大理女子图鉴：不讲究和不将就

梅姐的客栈，并不是巷子里唯一的一家，再往里走，大概 30 米，还有另一家客栈，老板是三个年轻的女孩。

梅姐很喜欢她们，自己的店里如果忙不过来，会主动介绍客人去她们那边。年轻女孩创业的戏码，听起来就很有意思。

这三个女孩都是二十五六岁的样子，性格迥异，凑在一起极是有趣。方糖火暴，秦蓉天真，梁碧秋温厚，她们都是云南人，工作了三五年之后，决定辞职，一起开个客栈。三个女孩各有所长，每个人的故事，都很精彩。

方糖篇

1.

方糖的性格出了名的火暴。

小学二年级的时候，班里有个调皮的男生趁她课间出去，在她文具盒里悄悄放了一条蚯蚓，方糖打开文具盒，吓得尖叫。

男生和他的几个小伙伴一阵狂笑，都在看方糖的笑话。方糖搞清楚了始作俑者，强忍着恶心，蹲下来捡起了那条蚯蚓。天知道方糖最害怕蚯蚓了。

方糖拿着蚯蚓，在全班同学的注视之下，径直走到男生的面前，差点儿把蚯蚓塞进男生的嘴巴里。男生吓坏了，干呕了许久。

方糖不能忍受自己被别人欺负，虽然不好惹，不过她也从不会主动去招惹别人，只有一种情况是例外，那就是路见不平。

路见不平，她绝对会拔刀相助。

有一次，班里一个老实巴交的同学被隔壁班的人欺负了，方糖在自习课上“振臂高呼”，发表了一通慷慨激昂的演讲，带着班里半数的男生浩浩荡荡地把那个欺负人的家伙堵在自己教室不敢出来。

那天全年级的老师都出动了，把学生们赶回教室，继续学习。而方糖，则被带进了教务处，狠狠地挨了一顿批评。好在方糖平时比较本分，学习成绩又好，被老师训了一通就放回教室了。

那次，方糖一战成名，学校里再也没人敢惹她。大家都说，如果生在古代，方糖绝对是一代女侠，敢爱敢恨，快意恩仇。

2.

方糖的脑子似乎只有一根筋。只要是她认定的事，就会去做，从来不瞻前顾后。这世上好像就没有让她感到害怕的事。

她的人生，一直都是风风火火。用她男朋友刘哲的话来说："方糖就像一台永动机，永远都充满了能量。"

刘哲是方糖大学时主动追到手的。

那天方糖被同学硬拉去了篮球场，远远地就看到刘哲带球过人的场景。一米八四的身高，在一群人中非常显眼，眉骨突出，鼻梁高挺，就像是漫画中的人物一般。

"天哪！太帅了！"同学一边犯花痴，一边狠狠地掐着方糖的胳膊。

"哎！疼死我了！你掐我干什么？"方糖一脸不满，生气地看着同学，"你喜欢他就去追啊！犯花痴为什么要掐我？真是……"

方糖揉着被同学掐疼的胳膊，怂恿同学上前。但是同学怂了，摇摇头往她背后缩。

"没出息。"方糖嘀咕了一声，拉着同学就向刘哲走去。

方糖堵住了刘哲，一把抢过他手里的篮球。一群男生围在旁边看“好戏”，笑得十分张扬。

“那个，你叫什么名字？”方糖问刘哲。

刘哲歪着头看了看面前这个瘦瘦的女生：“我叫刘哲。”

“刘哲是吧，我同学喜欢你。”方糖说这句话，就像说“你好”那么简单，把刘哲弄得哭笑不得。

旁边的男生，开始吹口哨起哄。

刘哲看了看方糖，问：“你哪个同学？”

方糖满不在乎地回头，准备去牵那个同学的手，没想到身后却空空如也。那个女生早在方糖去抢刘哲篮球的那一刻，就吓得逃跑了。这会儿哪里还有她的人影？

这回方糖蒙了，旁边的几个男生，也起哄得越来越厉害。刘哲前倾的身子压了下来，他的脸几乎快要贴到方糖的脸上：“人呢？”

方糖的脸“唰”地一下红了，她知道自己无论如何都说不清了，于是吐了吐舌头：“不好意思认错人了。”转身就要走。

“喂！”方糖听到刘哲喊她，“把球还给我行吗？”

方糖憋红了脸，把球往地上一扔，飞也似的跑掉了。

3.

第二天，同学们间就传开了，说方糖向篮球队的刘哲表白了。

方糖听了之后，一肚子憋屈。她明明是替同学去表白的，结果同学跑掉了，她却成了女主角。只是，除了憋屈之外，她竟然有一丝心动。

方糖在食堂跟刘哲偶遇，端着餐盘的方糖一把拦住刘哲。

“能不能让你的狐朋狗友闭嘴，别到处造谣行不行？我什么时候向你表白了？”方糖还是决定先把自己的这口气出了。是她表白的，她会认，不是，她绝不会任人非议。

刘哲拿着餐盘，看着方糖笑：“同学，能不能让我先吃口饭。”

方糖连忙后退了两步，看刘哲就近坐下来了，就也把自己的餐盘一放，坐在了刘哲的对面。

刚想开口，刘哲夹起一个鸡腿就塞到了方糖嘴里。方糖一时之间不知该如何是好。

刘哲笑着说：“吃吧，你也饿了吧。”

方糖确实是饿了，索性就先吃饭。结果，那天刘哲的排骨和鸡腿，基本上都让方糖给吃了。方糖吃得很欢，直到刘哲递过来纸巾的时候对她说：“好了，我的饭都被你吃光了，现在，你还怎么解释？”

方糖第一次被人噎得答不上来，她盯了刘哲好久，大脑飞速运转。她在想，刘哲这话到底是什么意思。她不敢多想，却又忍不住去想。

刘哲嘴角上扬，笑着看她：“怎么？吃完就想跑？”

方糖连连摇头：“没有没有。”

说完她才意识到，自己好像被套路了。但是已经来不及了，她就这么莫名其妙地成了刘哲的女朋友。而在全校疯传的版本里，还是方糖主动追的刘哲。

那又如何？方糖不在乎，她确实喜欢刘哲，这就够了。

大学，是谈一场恋爱最好的时候。

4.

刘哲是方糖的初恋，也是令她最伤心的人。

大学毕业的第二年，他们分手。

方糖还是从朋友那里听说，刘哲在背着她跟别的女孩约会。那段时间，方糖正在公司加班加得昏天暗地，整个人都累得不行。

方糖接到电话之后，跑回家，画了一个精致的妆，换上了高跟鞋，不可一世地来到餐厅的包间，堵住了刘哲。分手也要体面，方糖在气场上一点儿也没输。

刘哲让那个女孩先走，方糖站在门口没有动。

“这是我们两个人之间的事情，让她先走。”方糖听到刘哲这么说，便往刘哲跟前走去，那个女孩拿着包弯着腰小跑着离开了。

“我没做对不起你的事，你放心，我跟她没到那一步。”刘哲试图解释，但是方糖根本不想听。

刘哲兀自说着自己的道理，无外乎是压力太大，那个女生太过体贴，一直约他。他只是跟这个女孩单独出来吃过两次饭而已，连手都没有牵。

“其实，如果你能够稍微温柔一些，我也不会感到这么累……”刘哲的话，让方糖一阵反胃。她端起桌上的红酒杯，一饮而尽，丢下了“分手”两个字，大步流星地离开。

方糖心里很清楚，刘哲既然心已经不在她身上了，“劈腿”也是迟早的事情，找那么多冠冕堂皇的理由，完全没有意义。她也知道，只要自己挽留，刘哲绝对会回头，但是她不想挽留。

对方糖来说，刘哲已经背叛了他们的爱情，她不可能再给他机会。她懒得跟刘哲争辩，也不愿听他的鬼话。

爱就爱得轰轰烈烈，分就分得干脆利落。方糖没有给刘哲留任何的余地，刘哲恨自己绝情也无所谓，省得藕断丝连，再有牵扯。

方糖回到家之后，蒙头大哭了一场，哭累了，就睡了。失恋没什么大不了的，她可是方糖，才不会因为别人的错误，一直惩罚自己。

5.

失恋之后的方糖，就一门心思地扑在了工作上。

她跟秦蓉认识，是因为工作。那天她跟两个男同事一起去见客户，席间方糖大大咧咧地跟同事们称兄道弟，只是不喝酒。同事知道她的脾气，酒都替她挡了。倒是客户带来的那个叫秦蓉的女孩，比较腼腆，只是微笑着，似乎不善言辞。

客户一直试图灌秦蓉酒，秦蓉推脱得很费力。客户不悦："秦蓉，我今天带你出来，就是对你的历练。"

秦蓉一直在躲，客户趁她不注意，一只咸猪手往她屁股上摸。秦蓉直接跳开了，带着哭腔喊："陈总！我先回去了。"

客户不依不饶，挡住了秦蓉的去路，想要去抱秦蓉，方糖见势不对，一把将秦蓉拉到了自己这边。

客户仗着酒意板起脸来：“装什么装？穿这么短的裙子跟我出来，不就是明摆着想让我吃豆腐吗？”

秦蓉脸憋得通红，一边摇头一边哭，接不上话。方糖笑嘻嘻地挡在秦蓉前面：“陈总，消消气，别跟她生气。你手机借我用一下。”

客户不解，方糖撒了个娇：“借我用一下嘛，我打个电话而已。”

客户把手机解了锁，递给方糖。方糖在通话记录里两下翻到了客户老婆的电话，直接拨了过去：“喂？你老公发酒疯了，他说女孩子穿裙子就是勾引他，这会儿非要摸人家屁股，你管不管？”

客户一把夺过手机，脸气得红成了猪肝色，忙不迭地跟电话那头道歉。

方糖拉着秦蓉的手，大步流星地走出了包间。

秦蓉向方糖道歉：“对不起，都是我的错……”

方糖拉着她的手说：“我们穿什么关他屁事！用不着觉得羞耻！对付这些想性骚扰的垃圾男，就得用这种招数，毛病就得给他治了！”

方糖就是这么一个“cool girl”，天不怕地不怕，拿得起放得下，分手也要气场全开，丢了工作也无所谓。路见不平，她就会拔刀相助。

秦蓉把她当偶像看。

秦蓉篇

1.

秦蓉从小到大都是一个乖乖女。说她温婉可人也好，说她逆来顺受也罢，总之，她的存在感一直很低，总是委曲求全。根本没有人会考虑她的感受。

秦蓉的父母是非常正统甚至古板的人，秦蓉从小就被教导贤良淑德，学习琴棋书画。她的父母也为自己养育出了一个乖巧懂事的女儿而骄傲。

但是秦蓉一点儿都不喜欢这样的自己。小时候，如果她被欺负了，父母一定会先责问她："想想你哪里做得不对，否则他们怎么不欺负别人，只欺负你？"他们不理解，有时候，欺负你并不是你做错什么。

她拼尽全力，终于把英语考了满分，父母却告诉她："不要骄傲，考满分没什么了不起的，比你有能耐的人多了去了，有本事你把语文数学也都考满分。”

小时候的秦蓉一直在试图讨好自己的父母，但是无论她怎么做，似乎都无法让他们特别满意。有时候她觉得很累，但是又不知道如何改变。她特别在乎别人对自己的看法，生怕做得不够好，别人对自己有意见。

暑假的时候，小伙伴们在外面疯跑，她就在家里无休止地练琴、写作业，因为只有这样，母亲才会施舍般地夸她两句。

“女孩子就要有女孩子的样。”这是秦蓉听过最多的话。

女孩子究竟该是什么样子的，她自己也不知道。但潜意识里，她总觉得母亲的话似乎是有问题的。

2.

有时候秦蓉觉得自己活得特别窝囊。

前男友已经跟她分手两年了，却还是纠缠不休。他好像总能捏到秦蓉的弱点，让她无法反抗。

这段恋情对秦蓉来说，痛苦远远大于幸福。虽说是男生主动追的她，但对方并没有把秦蓉当成手心里的宝。

男生小秦蓉一岁，事事都要让秦蓉迁就他。秦蓉性格本就温柔，也习惯去照顾别人，一直以来也不太计较。男生嫌上班远，带着秦蓉去中介换房，租了一套离自己单位最近的公寓。但是那间公寓，距离秦蓉上班的地方要比之前多出二十多分钟的车程。

“你九点才上班，没事儿的。”秦蓉听他这么说，也觉得有道理，毕竟男生八点半就要上班，似乎这样更公允一些。

自从两人在一起，秦蓉的工资卡就交给男生保管了。

“你不懂理财，”男生振振有词，“我可以把两个人的钱拿去投资，创造更多的财富。”

秦蓉每个月只有几百块零花钱，想跟朋友聚个餐，都要先向男生报备。

“以后这种聚餐的事情还是少去，外面的饭不健康，而且还浪费钱。我们两个要攒钱，以后还要买房呢。我也是为了我们的未来好。”男生总是最有理的那一方。

秦蓉在这份感情里，一直在妥协，她想要的，她喜欢的，都不重要，重要的是，他喜欢。

“或许平平淡淡才是真吧。”秦蓉总能够找到办法自我安慰。纪念日、情人节、七夕节……这些日子对她来说，和生活里的任何一天都没有区别。没有浪漫晚餐、没有礼物，更不用期待什么惊喜。

直到一次男生发火，动手打了秦蓉一巴掌。秦蓉再也无法忍受了，家暴只有 0 次和 100 次，她终于理清了自己在这段感情中扮演的角色。她把男生的东西都扔到了门外，铁了心要分手。可男生死皮赖脸不肯走，最后秦蓉没有办法，只好收拾行李自己离开了。

秦蓉问男生要自己的工资，男生就是不给。无奈，秦蓉去银行注销了账户，换了新的银行卡。查询余额的时候，秦蓉发现里面干干净净，一毛都不剩。

她的工资被男生充值游戏，全都花光了。秦蓉气得找男生理论，越说越气，气得大哭起来。男生嫌她烦，捂着耳朵打开门跑走了，秦蓉一气之下，把出租房里的电器全砸了。

那是她人生中做过最出格的一件事情。第二天房东打来电话让秦蓉赔偿，秦蓉哭笑不得，男生把责任全都推到了秦蓉身上。秦蓉想，天下怎么会有如此无耻之人？

但秦蓉还是把钱赔给了房东，即便她再怎么不甘。

心软是秦蓉避不开的弱点，否则她也不会在两年之后男生来求她的时候，借给对方钱。

秦蓉把钱转给前男友后，气得扇了自己一巴掌。但是又有什么用呢？她即便再怎么狠心，在那个混蛋跑来求了她几次之后，还是心软了。

那是秦蓉第一次恨自己软弱。

3.

秦蓉在公司里也一样，委曲求全成了习惯。

她已经在部门待了四年了，工作勤恳、能力出色，按理说早该晋升的，但是每次，总是会被别人抢了功劳。

熬夜加班对她来说已经成为习惯。原本她只是心疼部门的孕妇太过辛苦，主动提出帮对方分担一点儿工作。结果，孕妇同事心安理得地把整个项目都甩到了她头上，自己每天趴在桌上睡大觉。

“算了，她是个孕妇。”秦蓉不想跟她计较，任劳任怨地做项目。熬了一个月之后，项目终于搞定，那个孕妇同事却第一时间拿着计划书跑去找老总。

老总在公司大会上公开嘉奖孕妇同事，号召大家向她学习，即便身体不适，也以工作为重，在这么短的时间内攻克了一个大难题。

孕妇同事在会议室羞涩地发言，感谢公司给予的平台，感谢领导的厚爱，对秦蓉的辛苦付出只字不提。回到岗位之后，孕妇同事给秦蓉买了一杯咖啡，秦蓉所有的功劳都在这杯咖啡里一笔勾销。

秦蓉感到无奈，但她还是安慰自己：就当行善积德。一年后，公司职位晋升时期来临，孕妇产假归来，成了秦蓉的上司，对秦蓉大呼小叫，颐指气使。

秦蓉越能干，她的工作量就越大。无论做出什么样的成绩，无论她熬了多少个通宵，功劳永远都是别人的。秦蓉安慰自己："算了，拿着工资，就要付出劳动。"

有一次，上司的工作出了纰漏，老总在会议室大发雷霆。

上司把秦蓉叫到会议室，当头一顿痛骂。秦蓉整个人都懵了，她根本不知道发生了什么，上司所说的项目，自己连碰都没碰过。

就这么被人拿来当了替罪羊，秦蓉委屈地掉眼泪。上司批评地更狠了："犯了错就知道哭，哭能解决问题吗？你以为公司人人都是你妈，会宠着你、惯着你吗？干不了就给我滚！"

秦蓉哭着回到了自己的工位上。下了班之后，上司跑来安慰她："蓉蓉，都是姐不好，姐还不是为了你，老总非要追究你的责任，我这是在想办法保你，懂吗？只有我骂了你，老总才不好意思拿你开刀。"

上司是典型的笑面虎，胡扯的本事一套一套。

秦蓉还能说什么呢？只好忍着。毕竟这份工作待遇不错，只要不出现大问题，她也并不会经常“背锅”。更何况她都做了四年了，早就习惯了。

4.

没过几天，上司派秦蓉去陪一个客户吃饭。

秦蓉原本不想去的，上司在她面前诉苦，说家里的孩子太小，离不开妈妈，根本走不开。秦蓉架不住上司的软磨硬泡，勉为其难地答应了。

到了饭店，秦蓉才发现那个叫陈总的客户，是个不折不扣的老色狼。他言谈举止极为轻浮，说话间总是有意无意地碰自己。秦蓉尽量往旁边挪，想尽办法避开客户的纠缠。她根本不会喝酒，但是陈总总是在想办法灌她酒。

“不喝就是不给我面子。”

“别怕，这酒没有度数，喝不醉的。”

“放心，我一定把你安全送到家。”

客户的鬼话比自己上司的还不能信，趁秦蓉一个不注意，就伸出了咸猪手。秦蓉吓得弹了起来，带着哭腔喊：“陈总！”

但是客户不依不饶，说秦蓉穿短裙就是为了勾引他，装什么装！

秦蓉内心又羞又愤，还泛着阵阵恶心。她从来没有这么恶心过，一想到自己是在大好的青春陪一个“油腻”、无耻的垃圾男喝酒，她就有一种想吐的感觉。她心里憋屈得要死，却又不会骂人、不会吵架，气得眼泪吧嗒吧嗒往下掉。

秦蓉气客户，更气自己。有一瞬，她甚至想不管不顾地拿起桌上的酒瓶，砸向那个猥琐男，跟他鱼死网破。

后来，幸亏一个叫方糖的姑娘站了出来替她解围。她被方糖拉着跑出去的时候，一会儿哭，一会儿笑，又难过，又觉得好解气。

秦蓉向方糖道歉。她知道这么一闹，方糖的饭碗可能也保不住了。都是因为自己，还连累了方糖。

没想到方糖手一挥，满不在乎：“工作丢就丢了！我还干着不爽呢！大不了再找！”

秦蓉第一次见到如此潇洒的女生。她快要被方糖给迷住了。是啊，穿什么是自己的自由，干别人屁事！那个猥琐的垃圾男自己心里肮脏，凭什么非议别人的穿着！

那是第一次秦蓉“闯祸”后，没有人责怪她，反而在帮她说话。

是啊，秦蓉想了想，自己又没有错，为什么每次出现问题都先自我反省呢?

去他的自我反省！

秦蓉只想跟着方糖，重新为自己活一次，做一个潇洒的cool girl。

那天晚上，秦蓉跟方糖在路边的烧烤摊待到很晚。秦蓉感觉自己的人生特别失败，她过够了看别人脸色的日子了，她想要像方糖一样活得精彩。她不想回那个令自己作呕的职场，想要创业，自己当老板。

秦蓉跟方糖一拍即合，两个人商量了很久要做个什么样的生意，不知不觉，已经到了深夜。

就在她们打车准备回家的时候，她们看到了梁碧秋。

梁碧秋篇

1.

梁碧秋拖着行李箱，垂头丧气地朝一个烧烤摊走去。

这个世界上怎么会有梁碧秋这么蠢的女生呢？追个星差点儿把自己给追得露宿街头。

梁碧秋的“爱豆”正在大理拍戏，好不容易打听到了“爱豆”

住的酒店，连忙收拾行李直奔机场，买了最近的航班飞往大理。

谁知一下飞机，又听说“爱豆”临时换了住处，梁碧秋只好拖着行李箱，打算碰碰运气，挨家挨户地打听。她把附近看着像样一些的酒店问了个遍，没问出任何消息。其实她自己也清楚，酒店怎么可能会把明星日程随便透露给别人，不过是不甘心罢了。

她围着这片区域找了整整三个小时，累得头昏脑胀，眼看着已经过了半夜十二点，肚子也饿得咕咕叫了。

“还是先给自己找个住处，赶紧吃点儿东西吧。”这么想着，梁碧秋掏出身份证，拖着行李箱准备去旁边的酒店办理入住。然而生活就是这么捉弄人，梁碧秋一个喷嚏手一抖，身份证就从手里滑了下来，直直地透过地上狭长的排水沟盖板缝隙，掉进了排水沟里。

梁碧秋蹲下身子，使劲儿去掰盖板，盖板纹丝不动。因为太过用力，梁碧秋摔了个跟头，狼狈地坐在地上。她再也控制不住，“啊啊啊”地大声喊了起来。

梁碧秋的喊叫声，把烧烤摊的所有人都吓了一跳。方糖喝了酒，有些上头，冲梁碧秋嚷道：“喊什么喊？这么晚了，别人都睡了好吗？吵死了！”

梁碧秋又干号了两嗓子，委屈地说：“我身份证掉排水沟里了。”

烧烤摊的老板拿来工具帮忙，折腾了半天，总算是捞出了梁碧秋的身份证。梁碧秋向大家道了谢，去酒店办理入住。但是，房满了。她郁闷地拖着行李箱回到烧烤摊上，要了点儿吃的，泪眼汪汪。

最后还是秦蓉松了口：“要不，今晚住我家吧。”

那天晚上，三个女生挤在秦蓉的床上，叽叽喳喳直到天亮。萍水相逢的三个人，突然之间，成了彼此依赖的人。

2.

第二天是周六，秦蓉和方糖还在睡着，梁碧秋却像弹簧一样从床上蹦了起来！

“啊啊啊啊啊！完了完了！睡过头了！我‘爱豆’这会儿估计早到片场了！我得赶紧去找他！”梁碧秋冲到卫生间，一阵洗漱后，留了句“晚上见！”就夺门而出，只留下秦蓉和方糖面面相觑。

那天晚上梁碧秋回来的时候，天已经黑透了。

“你说我怎么就找不到我‘爱豆’呢？”

“明明说在片场来着！”

“我还跑遍了大理所有四星以上的酒店，他不可能住快捷吧？”

梁碧秋跟中了邪似的，不停地自言自语。秦蓉和方糖看不懂追星女孩的世界，摇了摇头继续吃饭。

其实梁碧秋以前也不追星的，她的心思都在自己男朋友身上。男友是个“套路”高手，用礼物和各种纪念日把她套得死死的。

直到撞见男生跟别的女生拍婚纱照外景，梁碧秋才知道，一直以来，自己只不过是个备胎，而且是个根本没有转正希望的备胎。那个渣男，只是跟她玩玩而已。

梁碧秋气得半年都没有缓过神来，慢慢地，也就关上了心门。后来，有一次她看娱乐节目，被一个刚出道不久的小明星吸引了目光，于是就去网上搜索了关于这个明星的一切，再然后，就入了“坑”，成了追星女孩。

追星女孩管自己的偶像叫“爱豆”。除了工作和生存，“爱豆”成了梁碧秋人生中最大的意义。她每天翻看微博、“超话”、各大站子，搜集关于自己“爱豆”的蛛丝马迹。

“爱豆”更新一条微博，她就兴奋地转圈圈：“天哪！我‘爱豆’终于营业了！”

“爱豆”拍了电视剧，她来来回回地看，演技再烂，都能被她夸得天花乱坠。

她曾经翘班飞到外地，在机场守了一晚上，只为看“爱豆”从机场走出来的那几分钟。尽管，她只看到了爱豆的帽子。她个子矮，又没能冲到前排，根本看不到爱豆的脸。即便如此，她也甘之如饴，要是“爱豆”冲大家笑一下，她估计能开心得晕过去。毕竟，那是她离“爱豆”最近的一次，什么时候想起来，都会有少女心爆炸的感觉。

哪怕工作再累，回到家之后，梁碧秋都会刷一遍微博首页、“超话”，看有没有自己“爱豆”的消息。看到“爱豆”的最新照片，满脸花痴“姨母笑”。一旦发现有对家发“爱豆”的黑帖，立马进入战斗状态，随时可以和别人撕得昏天暗地。

用梁碧秋自己的话说，面对别人，她就像一个冷酷无情的机器。但是面对“爱豆”，她可以任劳任怨，当牛做马。

3.

方糖和秦蓉觉得梁碧秋没救了，她们是第一次在生活中见到“死忠粉”。

梁碧秋在大理整整两天，都没有找到自己的“爱豆”。星期天的晚上，她沮丧得要命，又接到了上司的电话。上司让她马上滚回昆明加班，她在电话里跟领导吵了一架。

“今天是周末！我明天早上不会耽误上班的！”可上司不答应，非要她立刻就回公司加班。

梁碧秋来了脾气，冲上司喊道：“随便！我不伺候了！我正不想干呢！”

别看梁碧秋追星的时候那么疯狂，其实她工作起来也很卖力，虽然说是偶尔翘个班追星，但是她事前都会跟人事请假、报备，要么扣自己的年假，要么就正常扣工资。

只是上司特别见不得她追星，总是不分场合，出言嘲讽。

“梁碧秋，你能不能不要这么幼稚？”

“梁碧秋，怎么从来没见你对你爸妈的事情这么上心过？”

“梁碧秋，你这辈子都不可能跟明星在一起的，醒醒吧。”

上司还喜欢翻那个明星的黑料给梁碧秋看。梁碧秋其实早就受够了那个阴阳怪气的上司，她在工作上几乎没出过什么差错，上司又有什么权利干涉她的私人生活？

挂断电话之后，梁碧秋把上司拉黑了。刚准备洗漱，父亲的电话打了过来，她盯着屏幕看了半天，最终还是接了。

“要多少钱？说吧！”

父亲怪她说话太直接，责怪她没教养。梁碧秋再也忍不住了，冲父亲喊道："你不就是想问我要钱吗？快说要多少！不说我挂了！"

电话那端沉默了一会儿："两万。"

4.

梁碧秋的人生，几乎没有得到过多少爱和关心，所以她才会拼命地对前男友好，所以她才会在失去爱情之后，全身心投入，疯狂追星。她在现实中的生活一团糟，"爱豆"是她所有的精神寄托。

梁碧秋有一个弟弟，比她小三岁，独得全家人的宠爱。她常常怀疑，如果不是她先出生，很有可能她根本没有机会到这个世界上来看一眼。

那时候，还是计划生育的年代。因为她是个女孩，父母特别不开心。为了生下弟弟，母亲怀孕之后，跑到偏远的农村亲戚家躲了五年才将弟弟带回来。

从小到大，家里所有好吃好穿的都是先尽着弟弟来。小时候家境不好，母亲每天订一瓶牛奶，煮一个鸡蛋给弟弟吃，梁碧秋只能咂巴着嘴，在一旁看着。只有弟弟吃腻了不愿吃的，才能轮到梁碧秋。

好不容易长大了。大学毕业之后，梁碧秋想要去北京，却被父母逼着留在了昆明。“我们辛辛苦苦把你供到大学毕业，你翅膀硬了，想飞走不管我们了吗？”

对于这个家，梁碧秋存在的意义就是努力挣钱，管一家人。母亲从来都没有出去工作过，负责养育她和弟弟，父亲一辈子都在厂里当工人。

大学报到时的学费是父母出的，后来的学费，就全都是梁碧秋自己挣的。她打两份工，没课的白天去超市做促销，晚上给学校外面的餐厅端盘子，再没问家里要过一分钱。

弟弟念大学之后，学费也是由梁碧秋负责。当时梁碧秋刚上大四，省吃俭用，把大部分的钱，都给了弟弟。

梁碧秋工作的第一年，给弟弟买了最新款的手机。

梁碧秋工作的第二年，给弟弟买了笔记本电脑。

梁碧秋工作的第三年，弟弟自己不争气，辍学了。

弟弟辍学之后，父母就张罗给他找工作，让梁碧秋问朋友借了四万块钱，给弟弟找了一份还算不错的工作。

她以为，自己欠家里的终于要还完了。然而父亲前几天告诉她，家里托人给弟弟找了个女朋友，订婚钱要八万，家里没有那么多钱。

梁碧秋知道父亲的意思，她特别难过，问父亲：“是不是接下来他们买房、装修、买车、结婚、生孩子，我都得出钱？”

心事被戳穿，父亲沉默不语。

这世间真的很不公平，连自己的父母都如此不公平。梁碧秋难过，又觉得好笑。有时候她想，或许自己根本没有必要存在于这个世界上。还好，那时候她还有爱情。可后来，爱情也没有了。她在最心灰意冷的时候，遇到了自己的“爱豆”。

5.

哪有人不向往美好呢?

对梁碧秋来说，她一无所依，“爱豆”就是她对生活最好的理想。毕竟，“爱豆”离自己的世界那么遥远，永远闪耀，而且几乎不会背叛她。

“你们知道吗？我这辈子，做过的唯一一件奢侈的事情，就是追星。其实算一算，和花在弟弟身上的钱比起来，追星花的那点儿钱又算什么呢？”

“我花我自己挣来的钱，去买自己的快乐，为什么不可以呢？”梁碧秋那天晚上坐在地上哭了很久，她头一次对人吐露自己的心声。这二十多年来的痛苦和压力，把她逼得快要疯了。

她查了查自己的银行余额，只有几千块钱。对于工作没几年的她来说，一直要补贴家里，哪能有多少存款？她衣服买的打折的，护肤品是超市里平价的，星级餐厅她连进都没进去过。她人生中最大的放纵，也不过是买张几百块的打折机票，去看看自己的“爱豆”而已。

梁碧秋把余额截图发给了父亲，并着一段语音。

“爸，我没有钱了，我也要生活，我实在是负担不起一家人的人生了。弟弟已经长大，他该自立了。”

这么多年，父亲一直以为梁碧秋在外面工作得不错，薪水也高。可他不知道女儿吃过多少苦，流过多少泪。也不曾意识到刚入社会的女儿挣得再多，也不够一家人的消耗。不过这些都不重要了，重要的是，梁碧秋已经不想再做一个可有可无的人了，她累了，她想要好好地爱自己。

方糖和秦蓉商量生意的时候，梁碧秋说：“开家客栈吧。”她以前在客栈打过工，熟悉所有的流程。

三个人经过一番商议，最终决定就开客栈。她们筹集了一些资金，在梅姐旁边开了一家小小的客栈。房间不多，但是足够干净；装饰简单，但是足够温暖。

梅姐说，梁碧秋还是会追星，会在机场守一整夜去看自己的“爱豆”，方糖和秦蓉也从来不说她，有事情都会替她兜着。

人的一生，总是要有一些追求和执着的，只是每个人所追求的事物不同罢了。不损他人，无愧于自己，就好。

肆

我曾喜欢你，止于唇齿，掩于岁月

1.

春怡的饺子，包得格外鲜。

手擀的皮儿薄韧，刀剁的馅儿香弹。饺子有荤有素，会根据季节，被包进新鲜的蔬菜。到了槐花盛开的季节，春怡的饺子馆门槛都要被踏破了，去得迟了，就只能喝口汤。

我第一次尝到春怡的饺子，还是托梅姐的福。那天我刚下楼，就看到董哥端着饭盒跑了进来，一边跑一边嚷嚷着："阿梅，快来吃饺子！"

梅姐伸手捏了一只饺子，塞进嘴里。饺子烫得梅姐直吸溜，但梅姐还是雀跃得很，一脸满足。听到我下楼的声音，梅姐赶紧招呼我坐下，吩咐董哥拿了筷子，要跟我一起吃。

"快来！正宗的山东饺子，槐花馅儿，特别香！"

我是第一次吃到这么好吃的饺子。槐花的清甜和猪肉的香浓完美地交融在一起，连我这不爱吃饺子的人，都忍不住一口气吃了七八个。

“好吃吧？”梅姐一边擦嘴，一边笑吟吟地问我。

董哥接过话：“那还用说，这可是幸福饺子馆的饺子，我排了半个小时的队才买到的，春怡这手艺，要自称第二，全大理没人敢认第一。”

董哥说得不夸张。我去过许许多多的城市，吃过各种口味的饺子，但是这么好的口感和味道，我还是头一次吃到。

幸福饺子馆离客栈大概一公里路程，既然尝了鲜，馋虫就全被勾引出来了。第二天，我便决定早早去排队。

按照董哥告诉我的路线，开着导航，七拐八拐找到了幸福饺子馆。店面有两间房那么大，选址也不在闹市，还要绕过一条断头路。若无人指引，怕是很难找到这么个地方。

那会儿才十点多，幸福饺子馆刚刚开门不久。门口的长凳上，放着两个硕大的竹簸箕，竹簸箕上铺着清洗干净的槐花，洗干净的槐花正在晒太阳。

春怡从店里迎出来，冲我笑了笑：“饺子还要等一会儿。十一点半才能吃上。”

“没事儿，我还不饿，就是早早来，怕吃不上。”

春怡收拾了一张桌子，让我坐下，就进去忙活了。剁肉的声音“咚咚咚”地传来，偶尔能听到一阵苍老的咳嗽声。

那是春怡的母亲。

我循着咳嗽声望去，看到春怡的母亲用手转着轮椅的轮子，慢慢地从里屋出来。春怡听到动静，赶紧洗了手跑到外面。

“妈，你怎么不叫我啊？”

“我看今天太阳挺好的，你忙你的。”

春怡一边埋怨母亲，一边把母亲慢慢地推到门口。下台阶的时候，我过去帮忙，春怡笑了笑说不用。我这才发现，台阶跟地面间，铺着一块木板，轮椅顺着木板往下走，春怡推得很稳，很小心。

春怡把母亲推到了一片阳光充足的地方，又折回来拿了老花镜帮母亲戴上，还给她手里放了一份报纸。

“妈，你慢慢看，有事儿叫我。”

“唉！你快进去忙吧。”

春怡对我道了谢，又进厨房开始忙活。水“哗哗”地响了一阵，又传来了剁肉的声音。

闲来无事，我便搬了凳子，坐在巷子里，陪老太太晒太阳。

“姑娘，我怎么没见过你呀？”

“我第一次来。”

“来太早了，这会儿馅儿还没拌好呢，吃不上。”

“没事儿，我有的是时间。”

老太太长得慈眉善目，她看报的样子很专注，额角一缕头发掉下来，她轻轻地用手揽上去。偶尔遇到不认识的字，老太太会把报纸歪到我这边，让我帮忙看看。

过了一会儿，老太太的报纸翻完了，也没叫春怡，就跟我聊了起来。

2.

春怡出生在威海市。

那是一个风里略带着咸味的港口。从春怡记事起，家里就一直经营饺子馆的生意，门面里摆了八张桌子，后面是厨房，旁边有个小门，进去就是春怡家的院子。

幸福饺子馆是春怡母亲开的。母亲的手艺，是从外婆那里继承的。那时候，幸福饺子馆的招牌是鲅鱼饺子。鲅鱼是春怡父亲每天从海里现打捞的，鲜美无比。

春怡家的饺子馆临海，家里有一艘船，每天一大早，父亲就会发动马达，“突突突”地向海里驶去。

春怡自小在海边长大，识水性，胆子也大。她最喜欢跟父亲一起出海，船行至固定海域，父亲撒下一张大网，然后继续发动船，带春怡去海上转一圈。

运气好的时候，会有海鸥在头顶盘旋，春怡就拿出食物撒在甲板上。海鸥不怕人，常常落到船上大吃一顿，再扬长而去。

约莫个把小时以后，父亲就把船掉个头，回去收网。这是春怡最喜欢做的事情，她在父亲的身后，小脑袋探得长长的，看父亲收网的情形。

网子收回来，父亲把战利品一股脑儿地都倒进船舱里。回程的路上，春怡就低着头跟船舱里的这些小动物玩。她最喜欢海星，把它们放在手掌上，咯咯地笑。

父亲通常会赶在九点之前到家，进门洗洗手，就去后院看中央五套的球赛。母亲闻声出来，便开始将今天的收成一一分类，贝壳类的，会放在一个大盆子里，让它们慢慢地吐泥沙，而鲅鱼，便是主角，被特殊优待，放进一个特质的桶里。

母亲杀鱼的手法干净利落，只消一会儿的工夫，那些鲜美的鱼肉就被放入大盘子，端进了厨房里。

“咚咚咚”剁肉的声音传来，春怡坐在门口高高的台阶上，望着远方的海平面，悠闲地晃着自己的小脚。

3.

春怡是喜欢幸福饺子馆的，那里有她的童年，大海是她最好的伙伴。

但是这种喜欢，到她上初二那年，就变成了一种奇怪的羞耻感。青春少艾的年纪，心思也越发细腻敏感起来。那天，幸福饺子馆刚刚送走一批客人，春怡正在店里帮母亲收盘子，突然一个少年走了进来。

“老板，来半斤鲅鱼饺子，打包带走。”少年逆着光，声音很好听，春怡抬起头的瞬间，心跳突然漏了一个节拍。

那是她的同班同学，周明旭。

那个瞬间，春怡脸红了。周明旭的眉眼是好看的，春怡常常偷看他。春怡的座位跟周明旭隔了三排，她每天都会装作不经意地抬头，去看周明旭的侧脸。

他们从未正面接触过，春怡每次经过他的座位，都是低着头匆匆而过，生怕被他瞧出什么端倪。春怡回忆了一下，他们之间，从来没有说过一句话。

“咦？蒋春怡？”

毕竟同班同学，周明旭笑着叫她名字。春怡紧张得手都忘了擦桌子，停在半空，怔怔地看着周明旭。

“蒋春怡，这是你家开的店吗？”

春怡这才回过神，忙不迭地点了点头。她说不清当时自己的感受，有激动，有不安，还有羞涩，和着一点点的羞耻。

是的，那是一种说不清、道不明的羞耻感。在此之前，春怡从不觉得自己家有什么问题。但是看到周明旭的那一刻，她突然生出一种自卑来。

“如果他不是在店里见到我，该有多好。”春怡想着，可以是城里的百货商场，可以是公园，甚至可以是学校外面的一条马路、一条巷子，但绝不能是她家又小又旧的饺子馆。更何况，自己穿的是最简单的牛仔加 T 恤，都没穿一条好看的裙子。

春怡因为幸福饺子馆，第一次感到了自卑。她知道周明旭住在一公里外的某栋家属楼里，那个时候，只有父母都在机关单位上班的孩子，才有资格住进那栋家属楼。

春怡从来没住过楼房，偶尔去朋友家做客，经过楼房区的时候，都会羡慕。那里的每一层楼道，都会有一个垃圾投放口，垃圾扔进去，会自动掉到一楼，有专人回收。

而春怡家的院子，三间平房，所有的垃圾都要她提着走一段路去扔掉。她记得很小的时候，连上厕所都要去公共厕所，是到后来，父亲才在院子里腾出一片地儿，修了个小小的厕所。

那也是旱厕，比不了马桶高级。

周明旭走了之后，春怡就放下抹布进了后院，回到自己的房间里，心神不宁地躺在床上。她想，周明旭会不会看不起自己？他会不会告诉同学们，她家开了一个又小又破的饺子馆？春怡越想越难受，开始生起气来，连母亲都不想理了。

4.

周明旭并没有将春怡家开饺子馆的事情告诉同学们，他始终守口如瓶。

之后，春怡每次在班里遇到周明旭，都小心翼翼的，连他跟自己打招呼，她也尽量装作没听到，快速擦身而过。

她不知道该如何去面对周明旭，只是隐隐地觉得，她和周明旭之间，似乎隔着一道沟，而这道沟，她无法跨越。

还好，周明旭再也没有来过她家的饺子馆。

春怡每次在店里帮忙的时候，都提心吊胆的，眼睛一直往门口瞥，生怕周明旭出现。但凡有身形相似的年轻人走过，春怡心里都会一惊，赶紧走到后门附近，悄悄地张望。直到那人走远了，她才敢出来。

有一次，春怡因为慌神打碎了盘子，还被母亲数落了一顿。

春怡赌气，扔下地上的烂摊子，就跑回后院了。

“这孩子最近是怎么了？”母亲摇着头，不解地望着春怡气鼓鼓的背影直叹气。

因为有了自己的心思，春怡的脾气也发生了变化。以往母亲让她帮忙洗菜或者擀皮的时候，她都是欢欣雀跃的，可如今，这些事情让她突然觉得十分厌倦。

“天天包饺子，能不能干点儿别的事儿啊！”

“烦死了！别叫我包了！我讨厌包饺子！”

“我以后再也不吃饺子了！”

春怡犟得很，那之后，她真的再也不吃饺子了。若是母亲没空做饭，她宁愿把饺子皮扔进锅里煮一煮，放点儿香油和盐，拌一拌吃下去。

她试探着问父亲，要不要换个别的生意做。

“生意哪有那么好做的？亏得你妈有这份好手艺，要不然咱只能去卖苦力了。”春怡想到了经常去码头扛包的邻居，低着头，闭了嘴。

是啊，生活艰难，哪里有让她选择的余地呢？春怡努力按捺着内心汹涌的情愫，她越来越不敢看周明旭了，连偷看都越来越少。

5.

那一年是千禧年，春怡第一次听到张信哲的歌。

春怡正在自习课上发呆，同桌把一只耳机塞进了她的耳朵里。

“既然爱了就不后悔 / 再多的苦我也愿意背 / 我的爱如潮水 / 爱如潮水将我向你推 / 紧紧跟随 / 爱如潮水它将你我包围……”

张信哲温柔有力的嗓音，一瞬间占据了春怡的大脑。她从未听过如此直白露骨的歌词，一紧张，背挺得笔直，脸红到了脖子根儿。那词曲，还有那柔情似水的声音，至今想起来，春怡仍会感动。

“嘘……”同桌冲春怡比了下食指，春怡连忙趴在课桌上。那节自习课，春怡什么都没做，只是听着张信哲的CD，入了神。

下课之后，同桌便要将耳机从春怡耳朵里摘走。春怡不过瘾，拿着那只耳机不肯放手，央同桌再给她听一会儿，同桌也很无奈。

“这CD机是问周明旭借的，我求了半天才借我听一节课。后面还有好多同学排队呢！”同桌话音刚落，周明旭就走到了她们面前。

春怡抬头，发现周明旭在看自己，赶紧把那只耳机塞进同桌手里，低下头翻抽屉，装作在找什么的样子。直到周明旭走远，春怡才敢抬起头。

周末的时候，春怡骗母亲说学校有活动，一个人坐公交车去了市中心的百货大楼。她从门口经过无数次，但从没进去过。母亲每次来城里购物，都是带她去两条街以外的批发市场，她知道百货大楼里的东西都贵，她买不起。

春怡走得很慢，她左看看，右看看，百货大楼里的东西，看起来比批发市场的要精致多了。她走到音像区，看到了周明旭的那款 CD 机。

春怡趴在橱窗外看了很久很久，她想伸手摸一摸，但是在看到价签的时候，这念头就一下子被浇灭了。接近两千块，那是她们全家人一个月的收入了。

春怡正在想着，周明旭的声音就响了起来。

“老板，张信哲的新专辑来了吗？”

春怡回过头，果然是周明旭，也不知道他是什么时候站在自己身后的。春怡紧张地不知所措，站在那里，直勾勾地盯着周明旭，甚至忘记了躲避。

“嗨！蒋春怡，你也来买 CD 啊？”周明旭很大方地跟她打着招呼。

春怡连忙摆摆手："我只是看一看。"

周明旭看出了她的窘迫，笑着说："你没必要买CD机，你想听，问我借就是了。我的CD机都被咱班同学借遍了。"

老板也很会做生意，连忙打圆场："是啊，你们都是学生，没必要花这个钱，借着听听就挺好的。"说着，老板拿出一张张信哲的CD，递给了周明旭。

付过钱之后，周明旭问春怡："你准备什么时候回家？"

"我？哦……我还没想好……"春怡支支吾吾地应道，"一会儿就回去了吧。"

"那你等我一起走呗。"

"好。"

春怡心里十分忐忑，周明旭约她一起走，这让她感到非常意外。不过周明旭要先去楼上买点东西。

春怡跟着周明旭进了电梯，她从来没有坐过电梯，更何况是和周明旭一起。电梯里安静极了，春怡都能听到周明旭的呼吸声。

当门关上，电梯缓缓上升的时候，春怡有些紧张，她攥着拳头，站在周明旭的身后，不敢乱动。门开了，周明旭走了出去，春怡有些迟疑。就这么迟疑的一下，门又关上了。

春怡吓坏了，她用手拍着门，大喊着周明旭的名字。

周明旭从外面按开电梯门的时候，春怡连忙从里面跳了出来，脸上的惊恐还没完全消除。周明旭轻轻拍了拍她的肩："你没事儿吧？"

春怡的脸"唰"地红了。她为自己的没见识感到羞愧，更为周明旭看到了自己的没见识而感到难过。春怡难过得说不出话来。

"没事儿，这个电梯就是有问题，我也被关在里面过。"周明旭打了个圆场，领着春怡往前走。

周明旭怎么这么温柔呢？这天底下，怎么会有这么好的男孩子呢？那一瞬间，小说里所有的男主角，在春怡的心中都有了具体的形象，都变成了周明旭。

回程的公交车上，周明旭和春怡紧挨着坐。周明旭从背包里取出 CD 机，冲春怡笑了笑。他并没有拆新的 CD，而是取了一张旧的放进去，将一只耳机递向春怡。

春怡接过那只耳机，手不经意碰到了周明旭的指尖。春怡的心紧了紧。

耳机里是张信哲和刘嘉玲对唱的《有一点动心》，春怡在电视上听过。

"我对你有一点动心 / 却如此害怕看你的眼睛 / 有那么一点点动心 / 一点点迟疑 / 不敢相信我的情不自禁……"

春怡的心跳得乱七八糟。这首歌太过应景：一点点动心，一点点迟疑，一点点不敢靠近。春怡再没心思听歌了，她只是低着头，假装睡着了，可脑子里全是周明旭。

到站之后，春怡说了声再见，跳下车就跑了。

6.

后来，一直到毕业，春怡也没有向周明旭借过CD机，更没有主动再跟他说过话。她知道，自己和周明旭没什么可能。

她开始不再排斥饺子，甚至到后来，主动跟母亲学起了包饺子。看着顾客们吃起来满足的样子，她也会感到开心。

再后来，城市整顿，春怡家的饺子馆被拆了，一时之间家里也找不到合适的门面，有人给父亲介绍了一份差事，要去大理。春怡一家人就来到了大理。

他们在大理租了一套门面，依旧做着饺子生意，店名还是“幸福饺子馆”。自高中开始，春怡就一直在大理生活，再没回过威海。

春怡在朋友圈里，看到过周明旭参加聚会的照片。他的妻子，娇俏动人，眼角眉梢皆是笑意，两个人看起来十分登对。

她经常会想念那个少年，温柔且有力量，活泼而有教养。

他是春怡生命里一道温暖的光，令她懂得温柔地对待这个世界。

后来，春怡也遇到了能够跟自己共白头的人。

他是春怡的邻居，从高中起就十分照顾春怡，后来和春怡一起在昆明念大学。毕业后，春怡回到大理在一家私企做助理，他就出去创业。

他们结婚的时候，一条街的人都跑来喝喜酒。人们纷纷说他们般配，婆家人也特别中意春怡，毕竟这么多年的邻居，知根知底。

“春怡的性格很好，处事不卑不亢，做人云淡风轻。”春怡的丈夫很宠着她，就连春怡准备辞职接手母亲的饺子馆，他也完全没有异议。只要是春怡喜欢做的事情，丈夫都会支持。每天下了班，他就来饺子馆吃饭，吃完接春怡她们回家。

“春怡命好，”春怡的母亲提起女婿就合不拢嘴，“上哪儿去找这么好的女婿呢！孝顺、懂事，又体贴。他可能吃苦了，拼了这么多年，开了自己的公司，还给春怡换了别墅，让我们都过去住呢。”

老人年纪大了，身体不太好，在这里住惯了，有一群关系好的街坊，倒是不愿意去别墅住了。

“让他们年轻人去住吧，我还是在这儿自在。再说了，还有一群回头客惦记我的饺子呢！”春怡母亲说起饺子来，一脸自豪。

“只是去年，我身体不行了，住了两个月院后，行动不方便，得坐轮椅了。”

春怡的母亲原本打算把店关了，没想到春怡主动要求接手幸福饺子馆，也没跟母亲打招呼，就辞了工作。

“要是把饺子馆关了吧，我还挺舍不得的，每天就想看着这个小店，看着大家高高兴兴地吃口饺子，我就满足了。”春怡的母亲，拉着我的手，跟我讲她当初学包饺子的情形，眼神里有光。

我正听得入神，春怡把饺子端上了桌：“饺子好了！”

我抬头看了一眼时钟，十一点二十分。春怡先给我包了一碗，怕我饿着。

刚出锅的饺子，比董哥带回去的更好吃，咬一口，鲜嫩多汁，让我的味蕾得到了极大的满足。

春怡拿起桌边的保温杯，倒了一杯水，给母亲送了出去。她蹲在母亲旁边，看着母亲喝水，伸出手，替母亲捋了捋碎发。

春怡的女儿放学了，嘴里喊着“妈妈”扑到春怡怀里，看起来清秀懂事。春怡揉了揉孩子的头发：“要不要吃饺子？”

“我不要……”孩子撒着娇说，“怎么天天都是饺子啊？”

春怡的母亲哈哈笑了起来：“瞧瞧，这孩子跟你小时候一模一样。”

春怡也笑了。

我吃完饺子的时候，春怡的店里开始忙了起来，还不到十二点，已经坐满了人。春怡在厨房里忙活，老太太和孩子在外面晒太阳，幸福饺子馆热闹极了。

临走的时候，我跟老太太告别。

老太太正在给外孙女扎头发，我听到她跟外孙女的对话，眼眶突然一热。

她说：“我知道你妈都是为了我，她知道我舍不得饺子馆啊……”

是啊，春怡将幸福饺子馆延续下去，也将她和母亲之间的爱不断地延续了下去。

这么多年过去了，她在锅灶之间忙碌的时候，不知道还会不会再听张信哲的歌。当听到张信哲的歌时，不知道，她还会不会想起，那个最初教会她温柔的少年。

伍

世人予其以皮囊，千般模样

1.

2010年的夏天，大街小巷到处都在播放夏奇拉演唱的世界杯主题曲《Waka Waka》。

那一年的夏洛洛刚过完18岁的生日，是大一新生。夏洛洛每天最喜欢做的事，就是把头歪在自习室的窗台上，打开手机，找出自己最喜欢的主播，听他的世界杯解说。

往往在那个时间段，那个位置刚刚好会有一束暖暖的光洒下来。常常节目结束了，夏洛洛手中的书还停留在开始的那一页。

有课的时候，夏洛洛就放下长发，遮住耳机，缩着脑袋听解说。

主播有着很好听的名字，陈恩。陈恩嗓音低沉浑厚，令夏洛洛着迷。原本对足球毫无概念的夏洛洛，一次偶然机会看到了陈恩的直播后，便再也走不出来了。

她只要一听到陈恩的声音，就开心得痴痴地笑，嘴角都要咧到耳根子了。

室友们都说夏洛洛中了邪，看足球解说快要走火入魔了。

夏洛洛才不在乎她们怎么说呢，只要每天能够看到陈恩，她就像个孩子一样雀跃。毕竟，陈恩的声音，是一种让夏洛洛沐浴在恋爱中的声音。

喜欢一个声音久了，夏洛洛的心便不再满足。她给陈恩的微博留言了无数次，但是从来没有得到过回复，她一次又一次地刷新，一次又一次地失望。

突然一次，夏洛洛的微博收到了提醒。

夏洛洛看到了那个熟悉的名字，是陈恩，他@夏洛洛：“你对足球的见解很独特。”虽然只是简短的几句，却暖到了夏洛洛骨子里。

夏洛洛激动地红了脸，颤着手给他回复。

夏洛洛已经记不得那天自己到底说了些什么，她只记得陈恩跟自己互动了，她反复念着那几个字，就好像陈恩在亲口跟自己说一样，他的声音在夏洛洛的耳边绕啊绕，就像是一只蝴蝶飞过，一瞬间她心中的花就开了。

放下手机，是一手心的汗。

2.

陈恩的栏目会向读者征集一些投稿，闲来无事时，夏洛洛便写了一些自己的评论，邮件发送给了陈恩的栏目组。

夏洛洛恶补了许多足球知识，她已经可以分清所有的俱乐部和国家队，能够准确地认出队员的名字。她知道陈恩喜欢罗纳尔多，她搜索了许多罗纳尔多的信息，写下长长的评论。

很快，夏洛洛的评论便在一期节目中播出。夏洛洛听着自己的文字被陈恩念出来，心如擂鼓。

夏洛洛于是更加投入地写，还把每次发给栏目组的评论都誊抄在漂亮的稿纸上，珍藏起来。她的字很清秀，乖乖地睡在稿纸中，偶尔有一个错别字，夏洛洛会把整页作废重写。与陈恩有关的东西，她不允许出现任何瑕疵。

因为总是投稿，慢慢地陈恩记住了夏洛洛的名字，每次在微博互动的时候，陈恩也会特意跟她多聊几句。

虽然只是简短的话语，夏洛洛却觉得那是最美的情话。每次放下手机，夏洛洛的欢喜都能持续好一阵子。

夏洛洛跑到了学校对面的照相馆，这是她第一次照艺术照。

她从来没有化过妆，当化妆师将口红从她嘴唇上轻轻擦过的时候，她的眼睛连续眨了好几下。这是她第一次涂口红，真好看，她对着镜子想。

照片出来之后，夏洛洛精心挑选了一张最漂亮的，私信发给了陈恩。

“这位小才女比我想象中的还要漂亮，面若芙蓉，青春逼人。”陈恩的夸奖让夏洛洛羞红了脸。

夏洛洛觉得自己仿佛恋爱了，她整日羞涩地抱着手机笑、抱着手机跟陈恩在微博互动。

室友们忙着恋爱的秋天，夏洛洛成了那个栏目的熟客，留言里谈某一个足球明星，聊每一场比赛，还偷偷喜欢着手机另一端的陈恩。

宿舍卧谈会的主题时时都是围绕校园里最帅气出众的男生。这个时候，夏洛洛总是沉默，很少插话。她们高谈阔论着自己心目中白马王子的形象，幻想着所有关于美丽浪漫的奇遇，一脸兴奋的样子像是贪吃的孩子对五彩糖果的向往。

室友问夏洛洛想找个什么样的男友的时候，夏洛洛轻轻摇了摇头。有个姐妹揶揄着问：“不会是你那个陈恩大哥吧？”

夏洛洛的脸“唰”一下子就红到了耳根，夏洛洛脑子里出现的就是陈恩。她们说通常做主播的男人都很花心，可是，那样又如何，因为喜欢，所以，入眼的便全是对方的好。

3.

这个城市飘起第一场雪的时候，夏洛洛的私信里收到了陈恩发来的新年祝福。

“新年快乐，请继续支持我们的节目。”落款是陈恩，简单的几个字，仿佛写在了夏洛洛的心口上。

夏洛洛看了又看，截图保存，视若珍宝。从那个时候起，夏洛洛开始关注陈恩更多。夏洛洛用了所有的搜索引擎，她想要了解关于陈恩的一切。

主播陈恩，二十七岁，单身。干净俊朗，令人舒心的面容，温和的笑，夏洛洛对着屏幕，怎么看都看不够。陈恩这个名字，占据着夏洛洛的思念，在她心里某个角落疯长。

知道陈恩他们节目组要走进财经学院与大学生互动的消息时，夏洛洛的心情像是窗外下着细细密密湿雨的天空，躁动不安。她打听好了路线和节目组的行程，第二天清晨逃了最喜爱的文选课，坐在颠簸拥挤的公交车上，穿越了大半个城市到了财经学院。

夏洛洛下车后直奔学生会，下午两点的见面会，上午十点夏洛洛就守在了舞台前，一直守着第一排正中间的位置不敢离开，生怕一走开就守不住看陈恩的最佳位置了。

夏洛洛轻轻整了整刘海儿，她的手很轻，很小心，生怕蹭到脸上的妆。一向素面朝天的她，还一大早爬起来求室友帮自己化了妆。

橘粉色的唇膏、同色系的腮红、大地色眼影、纤长而卷翘的睫毛，那天的夏洛洛看起来特别美。

夏洛洛坐在空荡荡的场地中央，忐忑不安地翘首盼望。

陈恩出现的时候，台下此起彼伏的尖叫声潮水一样将夏洛洛淹没。人群中夏洛洛一直扬着脖子，紧锁的视线，随着陈恩的身影移动。

挺拔温润的陈恩，在台上谈笑风生。在夏洛洛看来，他是一个自带光环的男人，她满心的狂喜呼喊不出，只是静静地看着对方。

心心念念的人，近在咫尺，熟悉的语调萦绕在耳边。夏洛洛站在台下，于喧闹的人群中静静地看着陈恩，连眨眼都舍不得。陈恩偶尔会朝夏洛洛的方向瞥过一丝微笑，仿佛在回应夏洛洛不齐的心跳。

最后，陈恩和前排的观众握手离场，他手掌宽厚而温暖，碰触的瞬间，夏洛洛失神。只是还未来得及回味，那只手便已移到了别的地方，和每一双高扬着的手交握。夏洛洛低头看着刚才被陈恩握住的那只手，笑得像个孩子。

4.

散场的时候，夏洛洛逆着人群奔跑，溅起的水花打湿了裙子。她撞到了很多人，一边说着对不起，一边往后台的方向跑去。

她终于看到了陈恩，走下舞台的陈恩看起来有些许疲惫。

“陈恩！”夏洛洛充满期待地看着陈恩，她不知道陈恩会给出什么样的回应。

“你是？”陈恩歪着头看夏洛洛，似乎根本不认识她。

“我啊，夏洛洛。”夏洛洛着急得快要哭出来了。

陈恩对夏洛洛挤出了一个职业的微笑，一脸迷惑地离开了。

望着陈恩转身离去的背影，夏洛洛紧咬下唇，努力让自己不哭出来。她不明白，前两天还在微博私信里跟自己谈笑风生的陈恩，怎么会突然之间这么冷漠。

被失落感笼罩着的夏洛洛，魂不守舍地回了学校。那天夏洛洛完全没心思吃饭，她回去之后就守在电话旁边。室友问她，她什么也不说。

夏洛洛回到宿舍，给陈恩发了无数条私信。

“上午在财经学院喊你的那个女生是我呀，为什么不理我？”夏洛洛小心翼翼地问。

“是我啊，我是夏洛洛。”

对方发来一个微笑的表情：“你在说什么？我上午一直在办公室，根本没有出去过。”

夏洛洛愣住了。后来她才知道，原来负责陈恩微博回复的根本不是陈恩本人，而是一个叫作林墨的工作人员。

“那些回复，那句新年祝福，真的不是陈恩？”问的时候，夏洛洛眉头纠结，心中有着许多的不甘。

“那只是我的工作。”

工作，这个词语让夏洛洛感到害怕。

夏洛洛丢开手机。

原来，陈恩一直都不知道自己的存在。这一切都只是夏洛洛的一厢情愿而已。

5.

“后来呢？”我问夏洛洛。

“哪还能有什么后来？青春就是有一些误会、一些遗憾、一些失去、一些得不到，才会如此珍贵，令人难忘呀。”夏洛洛笑起来的时候，似乎还有一些羞赧。她拿着剪刀斜斜地把洋桔梗的花枝剪下一截，慢慢地、轻轻地插进花泥里。

夏洛洛大学毕业之后，换过两份工作，后来感觉工作索然无味，便去学了花艺，开了如今的花艺工作室。她刚接了一场婚庆的鲜花布置，给客户设计了绿野仙踪的主题，花了很多心思在里面，细节处十分出彩。

“结婚是女孩子一生中最神圣的时刻，我当然要精心帮她们布置啦！”

夏洛洛给我讲了很多关于插花的知识，看得出来她很爱这份工作。她跟客户讨论时的样子，认真而美丽。

“这个主题会不会幼稚了？好怕我爸妈会说。”准新娘看起来有些顾虑。

“跟着你的心就好了，这不是你最喜欢的童话故事吗？”她对准新娘说，“生命中最隆重的婚礼，你不想给自己一个满意的答案吗？”

准新娘脸上有些迟疑，更多的是期待。

夏洛洛拿出效果图给新娘看：“这是你最喜欢的兔子公仔，你看，我把这些兔子穿插在……”

她一点点打消了准新娘的顾虑，还给对方提出了许多实用的建议。送走客户之后，夏洛洛抬头看了一眼墙上的时钟，接近下午五点。

习惯性地打开微博，夏洛洛无聊地刷着主页。

“我是不是特无聊？现在大家都去刷抖音了，微博上也没有陈恩的解说了。但是这么多年，我已经习惯在这个点儿刷会儿微博。哪天不看真的浑身不舒服。”

我准备回客栈的时候，夏洛洛的老公来了。他提着保温饭盒，里面是刚煮好的海鲜粥，夏洛洛跑去接过来，两人看起来特别相配。

无论十八岁，还是即将三十岁，夏洛洛始终保持着一颗鲜活的少女心，她追随生命中的每一分感动，认真对待生活的每一分、每一秒，现在还负责将顾客的每一分少女心照顾好。

这种感觉，真好。

陆 — 年轻时，我们觉得能掌控一切

1.

蒋严十九岁那年，离开家乡去了北京，一去就是十五年。

年轻的时候，蒋严总觉得这个世界是自己的，北京的繁华、北京的机遇，似乎都是为他准备好的。当蒋严从北京西站出来的那一刻，他就觉得，他的人生，踏上了一列飞驰的火车。

怎么会有人不爱北京呢？蒋严多么庆幸自己做出了这个明智的决定，他终于可以彻底离开父亲，过上自己想要的生活，给自己的人生一个交代。

蒋严出生在南方的一个偏远小城，小城实在是太小了，骑着电动车两三个小时可以跑遍城区的所有角落。父亲在小城的中学里教了一辈子书，性格严肃又古板，平日里不爱玩笑，只是把蒋严的学习盯得很紧。而母亲，经营着一家女士内衣店，那是一间只有十平方米的狭长隔间，被两边的服装店和金店挤得几乎看不到门头。

“哪有那么多钱去租个大店面？这就行了，够咱们一家人吃喝。”母亲挺喜欢她的那间小店。闲来无事，就会坐在店里打毛衣。母亲的手很灵巧，只需三两天，就可以给蒋严打出来一件带有卡通图案的毛衣。

内衣店的客人虽都是老主顾，也少不了要讲价。蒋严的童年，就是在母亲跟顾客的讨价还价声中度过的。有时候，来买内衣的阿姨会给他一个苹果，或者一颗糖，那是他最高兴的时候。

到了小学之后，蒋严就不再喜欢母亲的内衣店了，他隐隐约约感觉到了男女的区别，有了羞耻感。

有一次，班里的男生逗他：“蒋严，你是不是天天在你妈店里偷看那些阿姨换内衣啊。”蒋严又羞又怒，冲上去就和那个男生打了起来。

那天，蒋严的脸上挂了彩，父亲赶来之后，朝着他的屁股狠狠地踢了两脚。

“小小年纪，学人打架是吗？”

“我平时怎么教你的？净给我丢人！”

蒋严被父亲揪着耳朵拎出了教导室，他倔强地噘着嘴，始终不肯给出半句解释。他不愿意让父母知道自己是因为内衣店的事情跟同学打架。当然，那个挑衅的同学，也没吐露半分。

回到家之后，母亲用鸡蛋在蒋严的脸上轻轻地滚动，为他消肿。

“你这孩子怎么这么倔，跟你爸道个歉不就完了，非得搞得这么僵。”蒋严趴在母亲的膝盖上不说话，他眼里有泪，却不想让任何人看到。

2.

蒋严的成绩很好，他的童年几乎没什么玩耍的时间，只要父亲回到家，他就会有无数的习题册。

高中一年级的时候，蒋严喜欢上了隔壁班的一个女生，他在自己的日记本里，偷偷地给女生写情书。暗恋当然是无法说出口的，情书也从来没有送出去过。

有一晚蒋严回到家，发现父亲铁青着脸，他本能地感到不妙。果然，父亲让他跪下，将日记本摔到了他头上。

“小兔崽子，翅膀长硬了是吧？”

“我辛辛苦苦把你养这么大，你就这么报答我？”

“你一天天心思不用在学习上，还想谈恋爱？”

那晚，父亲断断续续数落了他两个小时，蒋严也就跪了两个小时。等他起身的时候，膝盖疼得直不起来，差点儿摔倒。

母亲扶他回了房间，他就躺在床上，一言不发。母亲把饭端到他面前，他也没有动筷子。

母亲走了之后，蒋严把自己埋在被子里呜呜地小声哭。

父亲把日记本砸在他头上的那一刻，他感觉自己好像是被扒光了衣服一样，无处躲藏。

那个时候，他心里萌生出了对父亲些微的恨意，他恨父亲的跋扈专制，恨父亲随便翻他的日记，更恨父亲控制自己的人生。也正是那个时候，蒋严第一次有了离开家的念头。他在心里默默地倒计时，两年，只需再忍两年，就可以离开父亲了。

蒋严把日记本烧了，他再也不需要多余的心思。对他来说，日记本里的所有已经不再重要了，他有更重要的事情要做，那就是考上大学，去北京，离开这座城，离开这个家。

没错，他一定要去北京。

北京有更好的学校，有更多的可能性。更重要的是，北京离家足够远，一天一夜的火车，可以将他和父亲阻隔开来。他再也不要回来了。

蒋严疯狂地投入到了学习当中，两年之后，他以优异的成绩，成了小城的高考状元。出成绩那天，父亲高兴坏了，在院子里摆了三天的流水席，请乡亲们吃饭，还请来了歌舞团。

电视台来采访的时候，作为状元家长，父亲激动得脸颊通红，一向能说会道的他，竟然结结巴巴地说不出话来。

热闹好像都是父亲的，蒋严站在人群外，远远地看着父亲给别人敬酒，喝了一杯又一杯。

3.

父亲坚持要送蒋严去北京，蒋严拗不过，只得由了他。

父亲背着一个硕大的书包，还硬把蒋严手中的行李箱接过去，蒋严不给，父亲就黑着脸。报到那天，父亲拖着行李拦着人问路，蒋严突然发现父亲老了，他的背，有了些微的驼。不知不觉，蒋严已经比父亲高出了许多。

到了宿舍之后，父亲帮蒋严铺好了床，还特意与室友们聊了聊，希望他们多关照关照蒋严。

“蒋严这小子太木讷，不会说话，你们多包涵。”

“他没离开过家，第一次到北京，就麻烦大家多多照顾了。”

“蒋严的自理能力比较差，在家都是他妈给他安排好的。”

……

父亲说着说着，蒋严的脸上挂不住了，他拉了拉父亲的衣袖："我送你去车站吧。"事实上，蒋严只送父亲到了公交站，因为父亲不许他送得太远。

"快回去吧！你刚到，还有很多事情要忙。"

公交车来的时候，父亲大步走了上去，没有回头。蒋严望着公交车绝尘而去，长长地舒了一口气。好多年了，他心里的那块石头，终于落了地。

蒋严外形俊朗，富有才华，第一年就进了学生会，在大学里混得风生水起，当然，也收获了自己的爱情。

女生唐唐，是他们的系花，跟蒋严一见钟情。母亲常常打来电话，问蒋严的情况，蒋严说的都是些不咸不淡的小事，从没说过自己在谈恋爱。

高中的日记本事件，成了蒋严心头的一根刺，他生怕说出来之后，有了父亲的干预，他连这份感情也保不住。

4.

一晃四年过去了。

临近毕业时，父亲连续打来了好几个电话。他动用了自己积累了一辈子的人脉，准备在省城给蒋严安排一个不错的单位。

蒋严只有一句话："我死也不回去。"

蒋严第一次和父亲撕破脸，在电话里吵得很凶。那也是蒋严第一次为自己的未来坚持。他好不容易脱离父亲的掌控，不可能再回去过以前那样的日子。

他受够了。

最终蒋严获胜，他如愿留在了北京。为了自己，也为了唐唐。

他们租住在那种城改房的隔间里，和四五个人一起合租，条件比地下室好一点儿，但公共区域放一点儿东西，瞬间就会不见。合租的室友们，并没有那么友善。

"要是我们能有自己的房子就好了。"唐唐说。

5.

然而在北京待的时间越长，蒋严越感到自己的无力。

四年后的蒋严，已经不再觉得北京是自己的了。他就像是一只蝼蚁，在北京穿梭着，过着平凡而忙碌的生活，为了未来打拼。但是这未来，蜡烛一般，在风雨中随时都可能灭掉。北京像他这样的人，实在是太多，无论他再怎么努力，可能永远都只是一个过客。

北京很大，大到能装下无数像他这样心怀梦想的年轻人；北京又很小，小到容不下他那点儿梦想。

蒋严知道以他和唐唐的收入，想要买得起房，至少需要十年。但是十年后的房价，必然又是另一番模样。每当唐唐畅想着以后的房子时，蒋严就沉默，他知道，这时候的承诺，其实根本就是自欺欺人。他拿什么给唐唐买房呢？

“给你爸妈打电话吧，指望我们两个，永远都买不起。”唐唐那双扑闪扑闪的大眼睛，看得蒋严心里发慌。

毕业五年，蒋严第一次主动给家里打电话。他原以为，父亲会破口大骂，会逼他回去。没想到父亲只是淡淡地说：“让我跟你妈商量商量。”就挂断了电话。

那天晚上，很晚的时候，母亲才回了电话。

“你怎么突然想要买房？是不是有对象了？”

“嗯。”

“带回来让我跟你爸瞧瞧呗。”

“八字还没一撇呢。”

“就看看，没啥。”

“人家姑娘不愿意，没有房，我怎么跟人提结婚的事儿啊？”

“北京的房太贵了，哪是咱能买得起的？省城的房子又好又便宜，离家还近，要不跟你对象商量商量，咱还是回来吧。”

“妈，别说了，我真的不想回去和我爸在一块儿，他控制了我那么多年，如今我好不容易能够离开他，我是不会回去的。”

后来，母亲又打来几次电话，劝蒋严回去，蒋严始终不肯。

一周以后，父亲告诉蒋严，把内衣店盘出去了，家里所有的积蓄加起来，凑了二十一万，已经打到蒋严的卡上了。

二十一万，加上蒋严和唐唐的存款，勉强能凑到三十万。但是三十万对于北京的首付来说还是差得太远。蒋严想让唐唐跟她的家人商量，唐唐说：“不可能的，我家不会出钱的，没有房，我爸妈不会同意让我跟你结婚的。”

唐唐一语成谶，果然，因为买不起房子的事情，她的家人开始给蒋严施压。

虽然每次唐唐接家里的电话，都背着蒋严，但是蒋严心里跟明镜似的，他知道，他们的感情出现了危机。只是没有想到，这危机会来得那么快，而且是最俗的那一种。

蒋严的心情糟糕极了，他不知道该如何说服唐唐。

“要不然我们在天津买房吧。”

“我去租个两室一厅行吗？”

“这三十万我们做个小生意，应该比上班挣钱快。”

蒋严提了很多想法，唐唐只是低着头不回答。蒋严的心，慢慢下沉，心底的那盏灯，无论他多小心去呵护，却还是要熄了。

6.

半年以后，唐唐还是跟蒋严分手了。

蒋严知道自己留不住她，他最终还是败给了贫穷。母亲的电话来得越来越频繁，总想让蒋严回家。

“北京的房子怎么样？你回来吧，接我们去看看你的新家。”

“你爸年纪大了，想抱孙子了，带你对象回来吧。”

“我腌了一大坛子你最喜欢吃的酱黄瓜，一直在冰箱放着，你啥时候回来吃？”

“这孩子，怎么这么犟，就是不愿意回家呢？”

蒋严的心情糟糕到了极点，他哪里都不想去，尤其是不愿回家，他不想让父亲看到自己这副惨败的模样，他甚至不敢跟父亲对视，一旦对视，他那点仅存的自尊也将消失殆尽。

那天，北京刮了很大的风，蒋严的窗户被吹得直响。母亲打来电话的时候，蒋严正坐在地上喝酒。他不想再听母亲叨叨，便挂断了电话。

电话一直响个不停，隔壁租户又开始敲隔板。蒋严不得不接了电话。

“你回来吧。”

“妈，我都跟你说了多少遍了，我不……”

蒋严的话还没说完，电话那端的母亲突然哭了。

“你爸他……不行了……”

7.

蒋严的脑袋一片空白，仿佛遭到了雷击。

他来不及换衣服，拿起手机就冲了出去。蒋严跑得太快，把一只拖鞋跑坏了，他在风里打了十分钟的车，没有一辆车停下。

蒋严感到了前所未有的恐惧，他站在风里号啕大哭。

一辆车停在他的面前，他看到副驾上的人，唐唐。那晚，是唐唐的新男友把他送到了机场。蒋严临走的时候，没有跟唐唐告别，他知道，他们或许没有机会再见了。

蒋严在深夜到了医院，父亲躺在病床上，全身插满了管子。

医生说，父亲的病情，最多只能再挨一个月。

他悔恨地跪在父亲的床头，无法接受眼前的画面。父亲在他的记忆中明明还是那个骂他、打他的壮汉，怎么如今就变成了骨瘦如柴的小老头。

母亲告诉他，父亲的心脏病，已经得了好几年。只是这两年越来越严重，去年医生要求做手术，得花十几万。但是当时蒋严正因为买房的事情一筹莫展。

父亲不让她告诉蒋严实情，他们想劝蒋严回家，但是看他那么坚决，就没再劝了。最后，父亲把家里所有的积蓄都给了蒋严。

蒋严给医生跪下，他把银行卡塞到医生手里，求他救救父亲，但是一切都已经来不及了。蒋严跪在父亲的床前，狠狠地扇着自己耳光。

8.

半个月后，父亲走了。

办理完父亲的丧事之后，蒋严第一次觉得家里如此空空荡荡，他似乎能够听到自己心跳的回声。扫地的时候，他不小心碰倒了花瓶。

“毛手毛脚的！能不能认真点儿！”蒋严猛地回过头，

一个人都没有。原来，父亲是真的不在了。

他心里堵得慌，以往对父亲的恨，全都不见了。他第一次觉得，自己是如此依赖父亲，依赖那个虽然不够完美，却深爱着他的父亲。

去药店给母亲买感冒药的时候，蒋严抬头看到了速效救心丸，他不由自主地抬手拿了两瓶，一起结账。

从那以后，蒋严的口袋里永远都会装着一瓶速效救心丸。父亲已经不在了，他也不知道自己为什么要这么做。

或许有一天，当他遇到一个心脏病发作的人时，及时送上速效救心丸，可以降低自己内心的愧疚感。

9.

处理完北京的事情之后，蒋严就回了小城。

他把母亲的内衣店又盘了回来，他再也不觉得那是一种羞耻。相反的，一切他熟悉的地方、熟悉的味道，他都想要找回来，他不想再失去了。

年轻的时候，他觉得自己能掌控一切。刚到北京，他雄心壮志，告诉自己，未来可期。然而生活就像一座迷城，让他慢慢地走失。他拼了命地工作，主动申请加班，不放过任何挣钱的机会，还接了一些兼职，熬夜熬得大把大把掉头发。

然而他那么辛苦，挣的钱也永远赶不上房价。他太无力了，没能留住任何东西。他的爱情，在残酷又冷峻的现实面前脆弱得不堪一击。

彼时父亲的忌日已经过完一周年。蒋严决定带母亲出去旅行，他已经失去了带父亲旅行的机会，他不想等到来不及，再去悔恨。

在客栈，蒋严每次吃饭的时候，都会让人帮忙多加一副碗筷。到景区去的话，蒋严也总会多买一张门票。

“总觉得我爸不放心我，他会跟着我的。”

蒋严托梅姐给他母亲化个妆，他想带母亲去开满蔷薇的砖墙那儿照相，母亲坐在那里特别不好意思，扭捏着不肯：“这么大年纪了，化什么化，别人会说的。”

蒋严蹲下来，拉着母亲的手。

“妈，就趁现在吧，化得漂漂亮亮的，给我和我爸看看。”

10.

梅姐为蒋严的母亲化了一个淡妆，还带着她去选了一条漂亮的裙子。

那天的阳光可真好，暖暖的，洒满了整面花墙。

蒋严搬了凳子让母亲坐着，他就半跪在一旁，把头歪在母亲的腿上。

或许是阳光太暖，蒋严趴在母亲的腿上，闭着眼睛仿佛睡着了，母亲抬手轻轻抚摸着他的脸。

一切安静得就像是一幅油画。

柒

何为不甘？求，而不得

1.

喜欢一个人，往往只是一瞬间的事。

初二即将结束的夏天，夏露午睡过后走出宿舍，抱着书往教室走。路过足球场的时候，足球突然冲她飞了过来。

夏露惊得抱头蹲下，却还是被球砸中，眼镜跟着碎了。

赵铭深气喘吁吁地跑过来，以为夏露受了伤，连忙蹲下身询问她的情况。赵铭深要赔她的眼镜，还要带她去校医室。

夏露缓缓地抬起头，只一眼，就跌进了赵铭深温柔的眼神里。

赵铭深的眼睛清澈灵动，像极了鹿。夏露当时有一瞬间的恍惚，她什么都不知道了，只是抓着赵铭深的手，盯了他好半天。

“她怕不是被砸坏了脑子了吧？”球队的男生开始吵吵起来。

夏露回过神之后，羞得红了脸，连忙起身离开。她跑得飞快，赵铭深在身后一直喊她，她根本不敢回头。

后来夏露再从宿舍出来的时候，都会特意避开足球场。她害怕再次遇到赵铭深，害怕自己不知所措，但又想见到赵铭深。

夏露从来没有这样过，吃饭的时候，想的是赵铭深，睡觉的时候，梦里也是赵铭深。赵铭深的眼睛太温柔，她说不上来那是一种什么样的感觉。只知道，自己似乎应该小心、小心再小心。

那天在开水房打水的时候，夏露遇见了赵铭深。赵铭深放好暖瓶，拧开水龙头，不经意瞥了夏露一眼。夏露想，他一定不记得自己了，因为他没有片刻的迟疑，尽管自己一下子就认出了他。

夏露紧张到不敢抬头，甚至连脖子都不敢动一下，她就那么盯着墙，发现阳光将他们的影子重合在了一起。

那个时刻太过美好，夏露希望，开水流得慢一点儿，再慢一点儿，她只想静静地站在赵铭深旁边，站一会儿就好。

她听着赵铭深走远，才敢回头去看他的背影。瘦削的少年身影。夏露手上使了力气，把水龙头拧得比平常都紧了些。

那个时候，夏露才意识到，赵铭深怕是成了自己的初恋。

2.

毕业季之后，夏露再没见过赵铭深。

而夏露的青春里，也再没有走进第二个人。有男生追过她，但夏露觉得，不是赵铭深，任何男生就都没有区别。

时光匆匆，如白驹过隙。

高考之后，母亲打来电话，让夏露报考杭州的大学。

临走之前，夏露陪父亲喝了半瓶啤酒。

那是夏露第一次喝酒，她知道自己这一走，可能要很久见不到父亲了。父母在她两岁那年就离婚了，母亲跟着另一个男人移居杭州，而夏露则留在父亲身边，在安静又落后的小城长大。

妹妹夏雨特地打来电话，交代夏露不用带太多行李，她给夏露买了很多新衣服，还给她准备了一个温暖可爱的公主房。

夏雨是母亲跟那个男人生的女儿，比夏露小三岁，跟夏露的模样极为相似，她们都像极了母亲，只是夏雨更加温柔甜美，一看就是在爱中长大的孩子。

夏露从小跟着父亲长大，因为家境拮据，本就比常人入学晚了两年，再加上高中复读一年，竟跟夏雨同时毕业。

夏雨住不惯宿舍，母亲拗不过她，只得为她在校外租了一间公寓。让夏露来杭州，一是母亲挂念夏露，二是想让姐妹俩相互之间有个照应。

长久以来，夏雨和姐姐并没有见过面，只是偶尔和母亲视频的时候，会打个招呼。当她见到姐姐的时候，只觉得眼前的人和自己长得很像，似乎有着心灵感应一般，她说什么，对方都懂。

大三那年，夏雨连续两天夜不归宿之后，向夏露坦白，自己有了男朋友。

夏雨带着男朋友到公寓的那天，夏露仿佛得了一场重感冒，脑子轰隆作响，似有一趟列车飞驰而过。她没想过，自己会以这样的方式再见到赵铭深。

她幻想过很多次再见赵铭深的情景，但每一种，故事的主角，都不是夏雨。

赵铭深很爱夏雨，夏露能看得出来。即便从那以后，夏露的穿衣风格刻意和夏雨相似，即便每次门铃响起，她总是第一个冲到门边，但是开门的一瞬间，只消一瞥，赵铭深就能认出她是夏露，目光直接就去搜寻夏雨。

明明是两个很像的人，赵铭深怎么就能分得如此清楚？

这个问题，夏雨开玩笑的时候，也问过赵铭深。

“你的气息，和她不一样。看到你时，我的心跳就会不自觉加快。”

夏露装作若无其事地听过。

毕竟，两个都是她喜欢的人，她不想伤害任何一个。

3.

夏露开始整晚整晚失眠。

她不是一个善于表达的人，一直以来，都将心事藏得很好。她开始思考，要如何让自己走出这场暗恋。

夏露接受了别人的追求，但情感不会说谎，那段恋情不到三个月就结束了。

夏露原本以为，她和赵铭深的缘分也就到此为止了。她甚至想好了，过完年，就从公寓搬出去，如果还是忘不掉赵铭深，她打算回小城，再也不来杭州。

夏露还暗暗下决心，等赵铭深和妹妹结婚的那一天，她就彻底死心，重新找个人，好好爱一场。

可夏雨和赵铭深的感情说散就散。

“不爱了就是不爱了，纠缠下去也没什么意义。”夏雨放手放得洒脱，先不爱的人转身转得最快。

夏露气得不行，但也知道，像夏雨那样有主见的人，不会随便做决定，做了就不会改。后来，夏雨跟着自己的新男友去了德国，再也没回来。

夏雨走了之后，夏露担心赵铭深，就一直跟在他身边。有些时候，夏露也怀疑自己对妹妹的爱是不是不够纯粹。不像赵铭深，夏露能感觉到，即便过去很多年，赵铭深对夏雨的爱也不会减少半分。

4.

夏露还是向赵铭深表白了。

结局在预料之中，赵铭深的内心毫无波澜，他看夏露的眼神，充满了无奈。那再也不是足球场边清澈明媚如鹿一般的双眼。

夏露沮丧极了。

她笑、她哭、她发疯，赵铭深都是一样的表情。

“为什么我不可以？”夏露特别难过，她不甘心，真的不甘心，“明明是我先爱上你的。”

可连她自己都知道，感情哪有什么先来后到。

夏露不懂，她和妹妹如此相似，甚至连性格、品味都相差无几，为什么在赵铭深的眼里，自己始终没有办法替代夏雨。

她这辈子从来没有任性过，只这一回，为了追求自己的爱情，她哭闹、死缠烂打、在酒吧里买醉。深夜，她打电话让赵铭深来接她。

赵铭深没有来。

夏露在漆黑的夜里，哭成了泪人。

5.

“有阵子，我特别恨他，真的，恨他明明对我很好，却不愿爱我。”夏露说的话，虽然满含怨恨，但眼神柔和。

“后来，我还特意去割了双眼皮，就是不想再拥有和妹妹同样的脸。”

夏露陷入了不断地自我怀疑当中，她在想，赵铭深对自己所有的温柔，或许都是因为自己和妹妹太过相像的脸。

“电视上不都是这么演的吗？男人永远都不会忘记自己心中的白月光，哪怕是替身，也会投入感情。但是我连做夏雨替身的资格都没有，因为他根本不在乎我动了这张脸。”

“你永远都无法打败他记忆中的那个人，这真是太令人沮丧了。”

“明明是我先爱上他，为什么幸运的永远是妹妹，而不是我？”

我不知道该怎么回答夏露，其实这些问题，她心中早就有答案。

爱一个人，就只是因为他是那个人。在那个人之前，所有人都不能在你心里激起波澜，在那个人之后，不会再有同样的故事发生在别人身上。

6.

这世间的爱情，若不是相互的，多半是一个人的悲剧。

无论夏露多么卑微，多么努力，她始终得不到赵铭深。即便在夏露心里，他永远是那个如晨光、春风般的少年，但在赵铭深心里，夏露只是一个符号。一个没有面孔的符号。

最让夏露痛苦的事情，是赵铭深的闪婚。

“既然最终不是夏雨，为什么不能是我？”

哪怕是做妹妹的替代品，夏露也是心甘情愿的，只要能和赵铭深在一起，她什么都不在乎。但是，赵铭深宁愿跟一个刚刚认识三个月的人结婚。

“赵铭深说他找到真爱了。他一定是为了躲我在编借口，他一定是疯了。”

赵铭深一点儿都没有疯，他很确定自己是爱着那个女生的。人生充满变数，当他明确了自己的内心之后，毫不犹豫地向对方求了婚。

人生苦短，没有后悔和重来的机会，他只想珍惜现在。

夏露怎么都想不到，她和赵铭深是这样的结局。她固执地认为，赵铭深不愿意接纳自己，是因为害怕看到自己就想到夏雨。

夏露每天都能找一百个借口自我催眠。

7.

哪有什么先来后到，无非是因为不爱罢了。和赵铭深在一起的，可以是任何人，但都不是夏露。他爱的，是一个独立的灵魂，而不是一个复制品。至于夏雨，那或许是嵌在赵铭深心中的一颗朱砂痣。但生活总要继续，谁离了谁都死不了。

遗憾的是，夏露不懂。她就这样，过了两年行尸走肉一般的生活。

那一天，夏雨从德国回来探亲，还带回了可爱的儿子。小外甥抱着夏露的脸亲了又亲：“姨姨，我好喜欢你。”

夏露笑了：“是不是因为姨姨和妈妈很像。”

小外甥摇了摇头：“不是的，我就是喜欢你，跟妈妈没有关系。”

夏露突然愣住了，这个孩子的话，一下子戳中了她心中最柔软的那一块。

是啊，一个人喜欢上另一个人，只是因为单纯的喜欢。她活了这么多年，竟没有一个孩子看得通透。

就像夏露喜欢赵铭深，正应了一句话：“在那个年纪喜欢一个人，可能只是因为那天的阳光很好，你喜欢的人穿了一件你喜欢的衬衫。”

这么多年让夏露无法释怀的怕不是赵铭深，而是她最初的执念，是她喜欢赵铭深那个执念。

何必呢？

捌

变得像你，是我对你最温柔的喜欢

1.

杨柳是个好名字。

毕竟春风拂柳，任谁想到的都是春日融融的好风景，温暖治愈。

可惜杨柳是个胖姑娘。

入职第三天，杨柳就赶上了公司的年会，被抽中上台即兴演唱。她一开口自我介绍，台下就是一片哄笑声。杨柳尴尬得想找个地缝钻进去，以至于她后来都不知道是如何唱完那首歌的。

年会之后，杨柳就在公司出了名。杨柳走过的地方，总是有人指指点点。

“她那么胖，还好意思叫杨柳？”

“嘘，小心她听见。”

杨柳端着咖啡低头经过，假装什么都没听见。

其实杨柳以前是不胖的，身材匀称，面容姣好。但是自从得了那场病，杨柳的名字就变成了一个笑话。

杨柳每天吃的药里，含有大量的激素，即便她刻意控制体重，只在每天中午吃主食，早晚只吃青菜和水果，但体重秤上的数字依然“噌噌噌”地往上涨。

杨柳崩溃过，到后来也坦然接受了这个事实。

两年之后，杨柳已经不需要再吃药了，但她也已经成了个一百四十斤的胖姑娘。

开始发胖的第五个月，男友找了个借口跟她分了手。她哭完之后觉得：没有爱情没关系，只要她还能努力工作，努力挣钱，就好。

2.

杨柳好不容易进了这家外企，她知道，自己想要在这里站稳脚跟，绝不能一开始就引起纷争。是啊，几句嘲笑有什么了不起，如果嘲笑能让她掉肉，那她更求之不得了。

杨柳的心态好，干起活来也就特别卖力。部门同事对她倒还好，只是市场部有两三个人，总是喜欢开她的玩笑。杨柳想，反正不常接触，也无所谓。

因为表现良好，杨柳顺利度过了试用期，跟公司签订了正式的劳动合同。紧接着，杨柳就收到了邮件，公司要派她去美国参加为期一个月的培训。和她同去的，还有设计部的同事冯皓然。

出发那天，她和冯皓然在机场碰面之后，就向边检的方向走去。杨柳走在前面，先把护照递给海关。对方上下打量了她很久，问她是不是本人。

“我胖了三十多斤。”杨柳解释了很久，见人不信，杨柳还拿出手机翻找自己从前的照片，好不容易才被放行。

杨柳的尴尬，冯皓然全程看在眼里，但他一个字也没提，仿佛刚才发生的事情不存在一样。

杨柳特别感激冯皓然，感激他的沉默。自从突然发胖之后，很少有人会这样对她。其实她不需要安慰，只要旁人不刻意去提、去笑她，就像冯皓然这样，保持沉默，就当这是一件稀松平常的事，她就感激不尽了。

3.

杨柳培训的地方，特别偏僻，去市区要坐一个半小时的车，住宿的地方连个超市都找不到，然而她的手机每天都经受着同事们的信息轰炸。

“好杨柳，帮我带一套护肤品呗。”

“美女，听说梅西百货的包包打折，帮我去看看呗。”

“美国那边商场买化妆品给的赠品多吗？帮我问问呗，要是不划算，你还是帮我在机场带吧……”

作为刚入职不久的新人，杨柳谁都不好意思拒绝。结果就是，她的行李箱被塞爆，东西依然装不下。她只给妈妈买了一套护肤品，连原本打算给自己买的包都放弃了。

没办法，杨柳只好去找冯浩然，请他帮自己装一些。冯皓然看到她帮同事们代购的一大堆东西时，当场就愣住了：奶粉、运动鞋、保健品，甚至还有内裤，全堆在一起。

“你怎么什么都帮他们带？”

“也是顺手的事情。”

“你可以拒绝啊，你就说培训的地方在村里，出门不方便。”

“没事儿，我也就往奥莱多跑几趟，就当减肥了。”

冯皓然无奈地摇摇头，把自己的行李箱递给了杨柳。他看着这个胖姑娘低头认真装行李的样子，替她不值。那些同事根本也没拿她当回事儿，她也真是好脾气。

4.

回到公司之后，杨柳就不怎么见得到冯皓然了，毕竟公司有上千号人，设计部还在他们楼上，想偶遇也不是那么容易的事情。

一晃，杨柳在公司已经待了半年多了，部门同事们发现这个胖姑娘热心又认真，慢慢地也都开始喜欢她。

再次遇见冯皓然，是在公司的团建上。

大部队浩浩荡荡去了内蒙古大草原，在那里待了一周的时间。团建的时候，HR 组织活动，女孩子们进行拔河比赛，男孩子们进行平板支撑比赛。

杨柳本来跟部门的女同事站在一起，比赛即将开始，杨柳抓紧了绳子，没想到对面的同事却提出了抗议。平时最喜欢嘲笑她的那个市场部女同事突然放开绳子，指着杨柳："不公平！你看杨柳这么胖，她们肯定赢啊！我们市场部个个纤腰细腿的，怎么可能拔得过她们！"

杨柳看着大家，一时之间不知道该说些什么。

女同事使了个心眼儿："让杨柳来我们这边，我们换一个同事过去，这样才公平嘛！"

最后，在市场部女同事的集体抗议下，杨柳不得不去了对面。拔河开始，杨柳使出了全身的力气，却也没能帮市场部取得胜利。

那个女同事喊道：“杨柳你怎么回事？你吃这么胖，敢情都是虚胖啊？你一点儿劲儿都没有吗？你看你那体积，一个人顶我们两个，竟然输了！说，你是不是故意的？”

杨柳站着，脸憋得像猪肝一样红。她感到难堪。平时小声议论也就罢了，这次当着这么多人的面，把所有的责任都推到了她一个人身上，她真的是受不了了。

杨柳气得跟那个女同事争执了起来，但是她的声音太温柔了，就像挠痒痒一样，那个女同事牙尖嘴利，越说越来劲，仿佛杨柳是公司的耻辱。杨柳又羞又愤，但是她不会吵架，气得眼圈通红。

她努力憋着泪，不想让自己哭出来。

大家都劝“算了，算了”。但是那个女同事却没有丝毫要停下来的意思。

“你有完没完？瘦了不起是吧？人家胖怎么了，至少人家要脸，你在这儿瞎喊什么？是不是想把老总们都喊过来给你撑腰，你才开心？”

浑厚的男声穿过人群。杨柳抬起头，才发现是冯皓然，她心里一暖，泪水“哗”地一下就出来了。

冯皓然的话，说得大家心里都不太舒服，于是有人也一起出来指责。那个女同事自觉理亏，翻了个白眼，回自己的蒙古包去了。

5.

那天晚上，杨柳的心情就像过山车一样。她的心思已经完全没在公司的团建活动上了，她的眼神在风中摇摇晃晃，隔着人群，落在了冯皓然身上。

杨柳这才注意到，他高大挺拔，一群同事更衬得他英俊帅气。这样优秀的男生，哪是自己这个胖女孩可以搭上话的呢？

她走到了人群之外，站在一棵树下，远远地望着冯皓然。

以前竟然从没发现他这么帅，他和男同事们聊天的样子，他围着篝火开心大笑的样子，他和朋友打闹的样子……一切都那么好。只是一个晚上，冯皓然就变成了杨柳心中最闪耀的那颗星。

有了心事之后，杨柳的话就更少了，她生怕被别人看穿。

再遇到冯皓然的时候，她会故意躲避对方的眼神，有时候干脆假装没看到，但是耳朵却红得发烫。

她这样一个胖姑娘，是不配喜欢那么优秀的男生的，她自己也这样默认。杨柳心想，冯皓然对自己的照顾，应该只是完全出自他的正义感吧。毕竟他原本就是一个懂得为旁人着想、有修养的人。

别人的无心之举，万万不可过度解析，一旦过度的话，就是自作多情了。

这一点，杨柳比谁都清楚。

6.

平日里，杨柳在公司努力隐藏着自己的心思。下班之后，她就躺在床上幻想关于冯皓然的一切。

她幻想了一千一万种可能，在每一种可能里，她都是冯皓然世界里的女主角。暗恋仿佛是一剂猛药，让她平凡而又庸碌的人生，变得生机盎然起来。

心思总是遮不住的，久而久之，杨柳便不再满足于单纯的幻想了，她无比渴望能够跟冯皓然牵着手。她赶紧挥手，试图赶走脑海中那个不切实际的自己。冯皓然那么好，自己根本配不上啊！

杨柳知道，必须要减肥了。

她已经因为肥胖失去了一次爱情，虽然这一次，她也不够勇敢，但是她想要变得更美好，不想让自己和喜欢的人差距太大。她在电脑中翻看自己以前的照片，那时的她，也算是一个面容姣好的姑娘。她也曾经穿着比基尼，在太平洋的白沙滩边留下过一串脚印。

杨柳决定了，她要瘦成一道闪电，要瘦到足以配得上冯皓然，哪怕冯皓然不爱她，至少她是配得上的。她去商场挑了一款特别美的吊带长裙，在导购诧异的眼神中，包起了S码。

她把那件长裙挂在了卧室最显眼的地方，每天早晨起床之后，对着长裙喊“加油”，晚上回来，饿得前胸贴后背的时候，那件长裙也能给她带来力量。那可是她想要穿上向冯皓然表白的裙子呀！

杨柳早餐只喝一杯牛奶，午餐纯素，晚餐一根黄瓜。坚持了一个月之后，她的体重肉眼可见地往下掉，少了十几斤。

看到她的变化后，同事们都大呼小叫。

“你是怎么做到的?！”

“天哪，你怎么瘦得这么快？”

“你瘦了之后还挺好看的！”

“好期待看你瘦到一百斤的样子。”

所有人都以为，是上次团建拔河的事情，把杨柳刺激到了。

只有杨柳自己知道，那些闲言碎语她听得多了根本影响不了她，她忍饥挨饿，拼命减肥，只是为了冯皓然。

7.

杨柳注册了一个微博小号，每天打卡记录自己的减肥状况。心情不好的时候，也会在上面倾诉。

“我也不想变成一个胖子。”

“减肥吧，不然你配不上他！”

“胖子是不配拥有爱情的！”

她的头像，用的是那件吊带长裙的照片，个人简介里写着：等我瘦到一百斤，穿上那件最美的裙子，你会不会多看我一眼。

当然也有饿到忍不住的时候，那时杨柳就会去二楼的会议室里待一会儿，没别的原因——微波炉里总有同事在加热自己带的便当。光是闻一闻那些散发出来的香气，她都觉得自己好像饱一些了。又兴许是，偶尔会在里面看到冯皓然的背影，每一次看到他时，杨柳想要瘦下来的心都会更坚定一些。

离目标还有十斤的时候，杨柳晕倒了。

她倒在了自己的工位上，连带着撒了一地的，是一盒蔬菜沙拉。杨柳闭上眼帘时，满脑子都是切好的黄瓜片和番茄。

杨柳心里叹气，好不容易今天可以吃鸡胸肉，可是她却吃不到了。同事们都吓坏了，连忙将她送到了医院。医生严肃地警告她，不可以极端减肥，必须逐渐恢复饮食，否则她会有生命危险。

杨柳难过得抱着枕头哭，不小心扯到了正在输液的手，生疼生疼的。医生说她的病又复发了，她又要开始吃那些导致自己发胖的该死的药。她好不容易减下去的肉，就像是恶魔一样，又缠上了她，马上就要回到她的身体里。

杨柳的希望破灭了，她难过得像个无助的孩子。

8.

住院半个月之后，杨柳的眼泪也哭干了。

她已经不抱任何希望了，她知道自己的身体会像吹气球一样，一天天胖起来，她的爱情也会一天天离她越来越远。

杨柳把那件吊带长裙叠起来，放到了衣柜最底层的角落里。

大概这辈子也没有机会穿上它了吧，杨柳心想。想着想着，她就朝自己脸上扇了一个耳光。

“醒醒吧，杨柳。”

从那以后，杨柳开始疯狂工作，即便领导不要求，她也会主动留下来加班。既然爱情没有了，那么就拼命挣钱吧。

同事们对杨柳的变化，也有过议论。对此，杨柳也不以为意。有一天，杨柳在茶水间冲咖啡的时候，听到两个女同事议论。

“冯皓然是不是结婚了？”

听到这句话，杨柳手中的咖啡粉一抖，大半撒在了桌子上。她赶紧俯下身子去擦，一边擦一边嘲笑自己的蠢。

那天，杨柳在茶水间待了很久，一直侧耳听她们谈话。即便冯皓然已经属于另一个女人了，她也不想放过他的丝毫讯息。

“没听说他有女朋友啊！”

“那他怎么突然之间胖起来了？”

“谁知道呢？”

“不是说结婚的男人会发胖吗？一旦结了婚，就会不注意形象，胡吃海喝，啤酒肚哗啦啦就起来了。”

“别胡说了，他要是结婚了，怎么着也得给自己部门的人发喜糖吧。”

“也对，可能他就是最近啤酒喝多了。”

“亏我原来还觉得他条件不错，现在看来，人真是不能发胖啊。你看他下巴的轮廓都没了，这得胖了十几斤了吧。”

杨柳在角落里偷听，听着听着又忍不住笑开了，笑得眼泪都要流出来。

9.

又是一年公司年会。

杨柳还是那个一百四十斤的胖姑娘，她的胳膊都不敢架在桌面上，害怕别人嫌弃她占地方。她害怕今年自己又是被抽中上台即兴表演的人，把头埋得很低很低。

年会上所有的一切都让杨柳感到乏味，除了冯皓然。他就坐在杨柳前面那一桌，背对着杨柳。

嗯，看上去是胖了有十几斤，衬衫都被勒出了褶子。不过胖一点儿也好，杨柳感觉自己和冯皓然的距离，似乎近一些了。

又到了抽名牌的环节，主持人把手伸进箱子里的那一刻，杨柳低着头，屏息凝气，生怕念到自己的名字。

“冯皓然！”

主持人念到这个名字的时候，大家都舒了一口气。杨柳看着冯皓然走上舞台，心里暗暗期待着，她还从未听过冯皓然唱歌，感觉应该很不错。

但是今年的年会，被抽中的人，并不需要表演唱歌，而是真心话大冒险。在真心话和大冒险之间，冯皓然选择了真心话，主持人让冯皓然说出自己喜欢的女生的名字。

那一刻，杨柳感觉自己的心都要跳出来了。她不想再听下去，心里慌张得要命，但表面上却一点儿也看不出来。如果冯皓然宣布了恋情，自己还能继续做梦吗？杨柳也不知道。

“杨柳。”

杨柳愣了。

“我喜欢你，杨柳！”冯皓然又大喊了一声，台下顿时响起一阵欢呼和口哨声。

杨柳一动不动，同事们把她拉上了台。她的大脑一片空白，看着冯皓然，不知道要做什么。

杨柳仿佛做了一场梦，她只记得，当冯皓然张开双臂的时候，她情不自禁地向他跑了过去。她喜欢他太久了，走过去太慢，她要用跑的。

10.

这是我今年听过最美最甜的故事了。

杨柳和冯皓然旅行结婚，他们从成都一路南下，在大理只停留三天，之后去新加坡。杨柳给我们讲述这段故事的时候，脸上写满了幸福。冯皓然一直握着她的手，片刻不曾放开。

“你不嫌我胖吗？”

“我觉得挺好啊，我不也胖了吗？”

那晚的星辰真美，我回到房间之后，还一直在品着这个令人羡慕的故事。

他们离开客栈之后，梅姐和董哥聊天：“冯皓然怎么确定杨柳也喜欢他的？当着全公司那么多人的面表白，不怕被打脸吗？”

董哥哈哈大笑，他揽了揽梅姐的肩：“冯皓然要是没有把握，能当众表白吗？”

从杨柳开始躲避他，冯皓然就已经觉察到了杨柳的心意。直到那天，冯皓然去杨柳部门办事的时候，不经意瞥见杨柳的电脑，看到了她切错号的微博。他搜索了她的小号，看到了她全部的自言自语，计划了后面所有的事情，连年会主持人手中的名牌都是提前就做好了标记的。

他知道杨柳因为体重自卑，既然杨柳没办法减肥，那他增肥好了。

这些事情，冯皓然一直瞒着杨柳，他打算瞒着她一辈子，就让杨柳永远都做一个开心单纯的胖女孩。

玖

从此山水不相逢，别后各自欢喜

1.

爽朗的名字很酷。

但是爽朗的前半生一点儿都不酷。她总是感到焦虑、害怕失去，囿于安稳的生活，担心一点点的变数。这或许和她的成长经历有关。父亲在她年幼时抛妻弃子去了很远的地方，她跟着母亲长大。母亲的性格比较强势，爽朗为了讨好母亲，变得越来越内向。

爽朗其实并不喜欢自己的性格，但是她会习惯性地讨好别人，做什么事情都瞻前顾后，担心因为自己让别人不开心。

做出的让步多了，爽朗就慢慢地失去了自我。

爽朗无比渴望能够遇到一个跟自己真心相爱的男生，然后厮守到老，过着幸福快乐的日子。因此爽朗特别珍惜赵云齐。

赵云齐空有一副好看的皮囊，人却实在不怎么样。但爽朗一想到他是自己的初恋，就觉得没什么了。中学时期，赵云齐是他们高中出了名的小混混，留了两级，经常旷课、打架，是大家都会敬而远之的那种男生。

有一次，爽朗放学路上遇到了两个小混混，他们把爽朗堵在了学校围墙外的一个角落里。

“交钱！否则别想回家。”

爽朗吓坏了，那天她身上根本没带钱，可无论她如何解释对方都不听。两个小混混想对爽朗动手。

“轰隆隆”一阵摩托车的声音响起，是赵云齐。他把车一停，冲着爽朗这边就过来了。

爽朗一直记得赵云齐打架的样子，真帅。

爽朗不停地对赵云齐说谢谢，赵云齐摆了摆手，毫不在意地说：“我正要找他俩算账呢，这是我们的私人恩怨，你不用放在心上。”

可这对爽朗来说，不啻是救命之恩，她怎么可能不放在心上？自那天起，赵云齐就成了她心里英雄般的存在。

爽朗有时候会偷偷跟着赵云齐，一为多看他几眼，二为担心他。她远远地跟着赵云齐，只要发现赵云齐有要去打架的苗头，她转头就跑去告诉老师。

赵云齐把爽朗堵在了操场边，他手撑着墙壁，将爽朗圈在自己的怀里。

“跑啊，你接着跑啊。你能跑得过我？说！谁派你天天跟着我的？”赵云齐离爽朗那么近，他们的鼻尖几乎都要碰到一起了。爽朗紧张地瞪大了双眼，她结结巴巴地解释不清楚。

赵云齐坏笑着逗她：“你是不是喜欢我？”

被看穿了心思，爽朗又羞又愤，连连摇头，摇完了又点头。她也不知道自己究竟在干什么。

一个吻轻轻地落在了爽朗的唇上。爽朗还没回过神来，赵云齐就走了。她只听到赵云齐吊儿郎当的声音：“好好学习吧妹子，咱们不是一路人。”

爽朗有点儿被吓着了。

2.

爽朗像丢了魂一样，很多天都没有回过神来。她开始有意无意地避着赵云齐，尽管她很喜欢赵云齐。

为了避免跟赵云齐见面，爽朗的课间几乎都待在教室里，除非上厕所，不然她绝不出去。一次自习课，爽朗正趴在座位上写作业，突然一张硕大的脸出现在了她的面前，吓了她一大跳。她抬头，发现是赵云齐。

爽朗的座位在第一排靠门边的位置，赵云齐一进来就看到了她。

“把这个给你们班王晓蕊。”赵云齐丢下一个粉色的信封就走了。爽朗愣愣地转过身，把信封传给后面的同学：“把这封信传给王晓蕊。”

后来，王晓蕊就成了赵云齐的女朋友。爽朗看着这一切发生，像做梦一样，她的脑海中，还不断浮现着赵云齐突然出现的那张脸。

临近高考的时候，赵云齐出事了，因为王晓蕊。赵云齐跟校外的混混打架，伤了人。那年的赵云齐刚好年满十八岁，被判入狱三年。

这个消息对爽朗来说，仿佛晴天霹雳。她无论如何都想不到，自己心中的英雄，有一天竟沦为了阶下囚。

因为赵云齐的事情，爽朗的心仿佛台风过境，一片狼藉。她的成绩一落千丈，高考失利，只得去念了卫校。

爽朗在卫校三年，心里想的都是赵云齐。她去监狱看过赵云齐两次，赵云齐对自己做的事情毫不在乎。

“我一个大老爷们儿，保护自己女人是天经地义的。”

爽朗悻悻地走了，她知道自己帮不了赵云齐，而且赵云齐在乎的，也从来都不是她。

爽朗从卫校毕业之后，进入了一家小医院当上了小护士。

那天刚好是爽朗在前台值班，百无聊赖之中，她打开了一本杂志。

赵云齐带着一个女孩走了进来，他看到爽朗之后，兴奋地叫了她的名字。爽朗看到赵云齐的时候，恍然间以为自己眼花了。

“那个，我女朋友要做流产……”爽朗惊得说不出话，她像木偶一样，领着赵云齐去见了妇科医生。

做完手术，赵云齐和她女朋友就离开了医院。爽朗感觉这一切来得太快，特别不真实，她还没捋清自己的思路，不知道该如何应对眼前发生的一切。

3.

再见到赵云齐的时候，是半个月后，那会儿爽朗正准备去一家饭馆吃馄饨。

她听到赵云齐骂骂咧咧的声音：“老子又不是不给你钱，就是今天忘带了嘛，你叨叨叨个没完，烦不烦！”

赵云齐一边骂一边从里面往外走，看到爽朗之后，他笑了：“呦！这么巧！”

最后，是爽朗替赵云齐掏了饭钱。赵云齐陪爽朗吃饭的时候，又点了一盘凉拌猪耳朵和两瓶啤酒。

爽朗问赵云齐：“你女朋友呢？”

“早吹了！”

“哦。”

爽朗低头吃着馄饨，根本不敢看赵云齐的脸。她平时最喜欢吃这家的馄饨，但是那天只觉得味同嚼蜡。

赵云齐自顾自地说着话，无非是吹牛，吹自己多能耐，多有人脉。其实都是些很可笑的大话，轻易就可以戳破，但爽朗听得津津有味。关于赵云齐的一切，爽朗都想知道，都觉得有趣。她想，猪油蒙心就蒙心吧，反正也不是第一次为他心动了。

吃完馄饨，赵云齐送爽朗回家。爽朗引着赵云齐走了岔路，故意多绕了两条街。

天已经黑透了，路上的行人极少，昏黄的路灯下，偶尔跑过去一只狗，一切都安静极了。爽朗租的房子，就在巷子的尽头。

到楼下的时候，爽朗鬼使神差地说了一句：“要不要上去坐坐？”

说完爽朗就后悔了，她担心赵云齐觉得自己轻浮。她的手使劲儿拽着衣角，不敢看赵云齐的眼睛。

赵云齐跟着爽朗上楼……

那之后，这间房子的门口，就多了双男士拖鞋。

爽朗像一个被幸福砸晕的孩子，她买了情侣牙刷、情侣毛巾、情侣拖鞋、情侣水杯……她还置办了一套厨具，哼着小曲一样一样摆在家里。

真好，幸福终于触手可及。

4.

爽朗每天盼着下班，因为心里有了期待，家里有人在等她。

到了交班时间，爽朗就飞也似的冲向车棚，骑上自己的电动车往家赶。为了能够给赵云齐准备丰盛的晚餐，爽朗的午饭都是狼吞虎咽地吃完，然后冲到医院对面的菜市场，买好当天晚上要用的食材。

赵云齐最喜欢吃糖醋排骨，还有油焖大虾。爽朗每天变着花样给赵云齐做饭，当食材在锅里噼里啪啦响起来的时候，爽朗有一种在听交响乐的快乐。

有酒有肉，还有赵云齐，这是属于她的烟火气息，是看得见的脚踏实地。

爽朗一个多月没有回母亲那里，平时每周末都会回去的。

周一一大早，母亲打来电话，说要来给爽朗送一些腊排骨。爽朗连忙说不用，冰箱里还有。

母亲在电话里听出了端倪，问她是不是恋爱了。爽朗羞涩地把事情告诉了母亲。

“他在哪儿工作呀？”

爽朗一时之间竟然语塞，不知道该如何回答母亲。母亲又问了一遍，她只说赵云齐在跟朋友一起做小生意，接着以医院忙为由头，搪塞了过去。

挂断电话，她的额角出了细细的汗，生怕母亲再追问下去，那她一定露馅。赵云齐在她这儿住了一个多月，从没出去工作过，大部分时候，他都是坐在电脑前打游戏，偶尔有一些狐朋狗友上门来找他。

但是爽朗从不说赵云齐，她怕惹赵云齐不高兴。工作了两年，她手里也存了一点儿钱，够他们两人用一阵子。

“他身份比较特殊，毕竟坐过牢，不好找工作。过一阵子就好了。”

这么想着，爽朗就开心起来了。

5.

然而半年之后，赵云齐依然没有任何想出去工作的意思。

爽朗试着跟赵云齐提过一次，赵云齐笑着打哈哈，她也不好再问。只是赵云齐对她越来越不上心了，经常晚归，有时甚至一夜不归。

后来，爽朗在赵云齐身上闻到了若有似无的香水味，她心里开始隐隐地担忧起来，但还是没问什么。

再后来，赵云齐总是抱着手机聊微信，爽朗跟他说话，他半天也不回应。

那天，赵云齐洗澡的时候，电话响了。爽朗接了还未出声，就听到了一个嗲嗲的女声："齐哥哥……"

爽朗颤抖着挂断了电话。她气极了，冲着出来的赵云齐喊："我哪里做得不够好？你凭什么这么对我！"

赵云齐看到来电记录后，先是愣了愣，随即抱住了爽朗："打错了，打错了！我那么爱你，怎么舍得欺负你。"

罢了，只要赵云齐的人还在这里，只要他还爱她，就好。

6.

爽朗不过是自欺欺人罢了。

几天之后，爽朗接到了一个电话。

赵云齐的新女友让爽朗退出。

爽朗质问赵云齐。

“你知道了？那我们分手吧。”赵云齐答得云淡风轻。

爽朗苦苦哀求，甚至跪了下来，但赵云齐还是走了。他什么都没带，反正这家里所有的一切都是爽朗置办的，本来也不是他的。对赵云齐来说，生就一副好面孔，不管到哪里，都会有人给他买衣服。

赵云齐走后，爽朗像疯了一样，把家里的情侣杯等都砸了。但是砸完后，她又一个个捡了起来，用胶带把砸坏的地方粘起来，一边粘，一边掉眼泪。

那段时间，爽朗失眠很严重，值班的记录表，也老是出错，为此她没少挨护士长的骂。爽朗感觉自己的心像是被掏空了一般，生命都变得没有意义了。

她给赵云齐打电话，对方不接。她就不停地发微信。

“我好想你，我真的真的不能没有你。”

“如果我哪里做得不够好，你告诉我，我一定改。”

“你让我做什么我都愿意，只要你肯回来。”

后来，爽朗发现自己被赵云齐拉黑了。

爽朗感觉自己的未来破灭了，她魂不守舍地回家，远远地看到母亲站在门边等她。

“傻孩子，你这是何苦呢？”母亲把爽朗抱在怀里，“你还有我，你还有我呀。”

爽朗在母亲怀里哭了很久很久，像是把前半生的泪水都哭干了。

7.

爽朗决定忘掉赵云齐，她拼命工作，闲暇时就继续学习。工作真是好，它能让人忙得忘掉痛苦。

朋友安慰她，说赵云齐不值得。是啊，爽朗想，他高中就出了名的花心，出狱后他们第一次见面，就是赵云齐陪女孩子去做流产，这种人，只会把自己拉入地狱。

爽朗心里清楚，可就是忘不掉赵云齐。直到她在值班的时候，遇到当初赵云齐的新女友：“赵云齐就是个‘玩咖’，我们早分手了，现在他估计又换了两任了吧。”

爽朗内心的高楼瞬间崩塌。从前赵云齐种种的好，爽朗只觉得讽刺，自己骗自己到底害人不浅。原来，跟垃圾男在一起待得久了，会渐渐看不到自己的价值。

她突然觉得自己以前真是要多蠢有多蠢，回想起来，她跟赵云齐在一起之后，付出最多的是自己，收获最多的还是自己，只是收获的全是痛苦。

爽朗内心懊悔，因为自己的这段恋情，母亲在老家被人指指点点，说起来就是这家的闺女找了个有前科的。母亲将她抚育成人，给她未来，不是为了让她这样自我糟蹋的。

爽朗把所有关于赵云齐的一切都扔了。

她突然之间醒悟了，赵云齐的一切都让她感到恶心。她觉得从一开始，她就错了，他们的相遇是错的，一切都是错的。

赵云齐根本什么都不是。

8.

爽朗搬了家，也重新换了一家医院。

她把所有的热情都投入到了工作当中，想彻底地跟过去那个愚蠢的自己告别。卑微只能让人变得软弱，根本换不来真正的爱情。

爽朗的前半生，活得像根随风摇摆的稻草，她的后半生，要活得像自己名字一样精彩。爽朗每周末都会回家探望母亲，陪母亲聊聊天，做做饭。

她买了很多书，得空就认真钻研，有疑问的时候，就到处逮着专家问。医院要派年轻的护士去北京的大医院学习，爽朗的年纪其实已经不适合了，但是她一遍又一遍地向院长争取，最终争取来了学习的机会。

在北京的那半年，她像个跟屁虫一样，跟随着主任医师，不放过任何学习的机会。她经常从一台手术下来，又去另一台手术跟班学习。下班之后，她就在宿舍写札记，将一天的见闻和学习记录下来，一遍又一遍地反复看。

那天，爽朗在人行道走着的时候，一个迎面而来的行人突然昏倒在地。爽朗赶忙上前看怎么回事，她招呼旁边的人打 120，自己则俯下身，对病人进行了应急抢救措施。

因为爽朗的及时施救，病人在医院抢救之后转危为安。病人家属抓着爽朗的手，泣不成声，激动地说了无数遍谢谢。

爽朗从来没有觉得，原来自己是如此重要，自己的存在是这么有价值、有意义。

回到大理之后，爽朗依旧没有放松过学习，她现在已经是护士长了。每天忙碌的工作和学习，让她感到前所未有的充实。她再也不是那个唯唯诺诺的小姑娘了，她待人亲和、有能力，乐观开朗，活成了一个令人羡慕的酷女孩。

巷子里的人，提起爽朗，都是夸赞。爽朗的母亲随和且手艺好，我们这些在客栈住久了的客人，也有口福，可以吃到爽朗母亲送来的腊排骨。

拾一

没有刻意地见面，就再也没见过了

1.

冷青的刺青店在大理古城正中心，旁边是喧闹的汽车 CD 店，所以冷青大多数时候，是关着门的。店很小，又狭长，进门一张双人沙发，紧挨着吧台，吧台后面是黑色的屏风。拉开屏风，便能看到操作间。从操作间上去，二楼的大开间就是冷青的卧室。

冷青在操作间工作的时候，经常是注意不到有人进来的。她不喜欢吵闹，也没有悬挂会自动说“你好，欢迎光临”的布偶。来旅行的年轻人很多，冷青的店虽然很小，生意倒还可以。

每个人或多或少都会有一些奇怪的嗜好，譬如冷青，譬如左小影。冷青喜欢失恋之后收拾所有前男友送给自己的东西，扔了；左小影喜欢失恋之后把自己窝在被子里哭上半天，然后跑去做刺青。

左小影来敲门的时候，是半夜一点。那时冷青早已关了店门，正从柜子里扔出一堆衣服。

左小影拍得卷闸门“哗啦”作响，冷青本来不想理，但是那声音实在吵得人心烦，冷青穿着拖鞋下楼，开了门。

门刚打开，左小影便毫不客气地走进来，一屁股坐在沙发上。

“还做不做生意了？拍了半天的门你都不开！”

冷青见她的眼睛肿得不行，隐隐还挂着泪，右手发红，估计是拍门拍的。

冷青指了指墙上的挂钟：“大姐，现在都几点了，你以为大家都不用睡觉的吗？”

左小影的鼻头一耸一耸地动着，还吸溜了一下，估计是哭久了。她像个孩子一样坐在地上。

“我不管，今天你要是不给我文身，我就不走了！”

冷青被左小影搞得哭笑不得，站在那里，皱着眉头看着她，末了，冷青说：“进来吧。”

2.

“文哪里？”看样子左小影是不会走的，冷青也不想再与她理论。

左小影头也没抬：“随便。”

冷青这才留意到左小影的身体上已经文了两三处了。

左小影从旁边抽了一张纸巾，擦了擦鼻涕。冷青斜着眼睛，看着眼前这个女人："你失恋了？"

左小影点头："文上的花是最美丽的伤疤，只要文身，心里的那道伤口便会结了疤，也就不会再疼了。"

"矫情。"冷青心里想着。

左小影以为冷青不给她文身了，着急地喊了起来："你刚才答应我的，不能反悔。"

冷青没再说话，只轻轻地将左小影按到了躺椅上，抬起了她的左脚。冷青拿出画笔，细细地在一张纸上画着。

左小影跟着冷青描绘的线条嘴唇翕动，缓缓地念出两个字母："F.D"。

"什么意思？我英语不好。"

冷青没有回答她，只是继续着手里的工作，熟练地将纸盖在她的脚踝上，喷上药水后，那线条就出现在她皮肤上了，紧接着就是割线、上色……整个过程冷青都是沉默的，她不想说话，只想早早结束。

左小影也很识趣，她看出了冷青的疲惫，没再说什么。

结束后，冷青收拾东西，左小影仍旧半趴在躺椅上，她说："你可以收留我一晚上吗？我实在是没地方去了，我睡外面沙发就行。”

左小影在口袋里摸索了一会儿，摊开手心：“三十七块，我就剩下这么多了。手机里也没钱，你要是把我赶走，我就得露宿街头了。”

冷青将信将疑地看着左小影，左小影慌忙解释自己没有恶意。冷青指了指沙发：“自便。”说完，转身上楼。

左小影冲冷青露出一个大大的笑，就去沙发上躺下了。

3.

冷青睡不着，左小影以及那堆衣服，都让她心烦意乱。

冷青扯起衣服，开始撕起来，“刺啦刺啦”的声音很刺耳，撕到接缝的地方，撕不动了，冷青一使劲，疼得“啊”了一声，她的指甲断了，连带着指头也出了血。

左小影闻声跑上楼，站在门口大呼小叫起来。冷青白了她一眼，擦血，剪指甲，打开床头柜，拿出一张创可贴贴上。

“看什么看，没见过人家失恋啊！”冷青这么一说不打紧，左小影哈哈地笑了起来，幸灾乐祸的样子仿佛自己没失恋似的。

冷青没好气地看了她一眼：“再不睡觉，我就把你赶出去！”

左小影根本没走。冷青还没躺好，她就凑了过来，趴在冷青身边，非要冷青跟她讲怎么失恋了。冷青翻个身不理她，她却自顾自地讲了起来。

左小影说，这是她第三次被男人甩掉。她说这句话的时候，冷青愣了一下，冷青刚好是第三次甩人。左小影似乎越来越有趣了。

“我跟我前男友其实是网恋啊，在微信上聊了半年，觉得不错，我就傻乎乎地奔去了，去了才知道，他发给我的照片是网上找的，真人又老又丑，都能当我爹了，而且一见面就动手动脚的，简直是神经病！”

左小影讲起来，气呼呼的。

冷青暗骂，这女人真白痴，可嘴上什么都没有说，只是静静地听她讲述她遭遇的那些负心薄情的前男友们。

冷青抬头看了一眼时钟，已经是凌晨三点多了。她打了个哈欠，左小影也讲得累了，趴在床上眼皮沉沉的。

“睡吧。”

冷青抱着枕头，睡在了另一头。

4.

左小影没有离开，她留在冷青店里打杂。

自从聂远洋离开之后，冷青就再也无法爱上任何一个男人，即使明明已经动了感情，冷青也会很快地抽身。冷青无法忘记聂远洋带给自己的伤口，那是午夜梦回时的疼痛，生生不息。

又不是少不更事的年纪，已经跌倒过，冷青不会再重蹈覆辙。反正她一个人也能过得很好。爱情这种东西，不过是锦上添花而已，不能太在意。

左小影和冷青完全相反。

她对生活、对爱永远充满希望，即便遭遇“渣男”，她也只会怪自己运气不好，无论受过多少伤害，她都会对着每一个人微笑。她其实是挺没心没肺的一个人，即使昨天刚刚跟人吵过架，一转眼什么都会忘光，跟大家又亲热得不得了。

她总是拉着冷青出去玩，冷青通常都是拒绝，可是左小影每次都死皮赖脸地跟冷青软磨硬泡。

“冷青，女人得对自己好一点儿，你得学会去享受生活。”

“你看你又漂亮又能挣钱，天天把自己宅在店里干吗？”

“吃个火锅再回来啊！关两个小时的店也不会亏的！”

左小影来了之后，冷青的生活就热闹了起来。左小影会拉着冷青去健身、去逛公园、去游乐场、去洱海、去丽江……总之，左小影不会让冷青一个人在店里闷着。

“工作日生意冷清，你也需要休息！”左小影说什么都是振振有词。

虽然很多时候，冷青对她的做法十分不屑，但是坐上过山车的时候，冷青感觉到了自己突突的心跳，那是许多年都未曾有过的。

两年前，是聂远洋带冷青坐的过山车，冷青记得那个时候自己的尖叫，以及聂远洋紧紧握着自己的手。那个时候，在经过最高点的时候，冷青听见他高喊：“冷青，我爱你！”冷青记得那个时候的自己，是真正的欢喜和期盼的，只是那以后就再也没有那样的心境了。

冷青为了聂远洋和父母决裂，打算跟聂远洋去别的城市时，聂远洋却不见了。冷青一个人在火车站等到凌晨，她畅想了许多和聂远洋在一起的未来，最后全都落了空。聂远洋一直没有出现，他的手机永远都是停机。

一个人怎么会凭空消失呢？当然不会。唯一的解释是，冷青被抛弃了，聂远洋的未来，根本就没有她。

那天凌晨，大理下起了暴雨，冷青一个人走回了家。她在雨中撑着一把摇摇欲坠的太阳伞，失魂落魄地走了三个多小时，浑身都湿透了。

回到家后，冷青高烧。她睡了很久很久，睡醒了，就吃药，吃完药再继续睡。有时候她感觉自己可能不会再醒过来了。但是雨总会停，冷青也退烧了。

那个时候，冷青觉得，爱情是分文不值、最廉价的东西。过山车到顶端脑子充血一时冲动的话，空口无凭，风过无痕。

5.

冷青一开始不喜欢左小影的咋咋呼呼，到后来，也觉得挺好。她孤单了太久，有个人陪伴的感觉陌生又熟悉。

那天，冷青被左小影拉着去健身房游泳。她们换好泳衣往泳池走的时候，左小影轻轻捅了捅她的胳膊。

“快看，好帅！”

冷青寻着她的目光望去，看到一个挺拔的男人。

“怕不是个傻子吧，到泳池来还穿运动装？”

“我去试试他。”

左小影拉着冷青的手，扭着腰肢向那个男人走去。她的身材本来就好，在泳衣的包裹下，蜂腰细臀更是耀眼。左小影经过男人身边的时候，突然撞了一下冷青，冷青一个没站稳，惊呼一声，就要向下倒去。

没有意外，冷青被稳稳地接住了，倒在男人怀里的时候，左小影冲她眨了眨眼。

游泳当然是没游成。左小影总有各种办法。片刻之后，三个人就坐在了健身房旁的咖啡厅里。

冷青这才看清面前这个叫作许延的男人。客气的微笑、上扬的嘴角、细长的眉眼，跟两年前的聂远洋有着五分相似。那个时候，冷青有瞬间的恍惚，但她很快就回了心智，微笑点头，抿着嘴喝手里的那杯咖啡。

左小影和许延相谈甚欢，冷青话很少，只有在许延问她的时候，她才简短地回答。临走的时候，左小影加了许延的微信。

“你还真是厉害，刚失恋一个月，就瞄准猎物了。”许延走了之后，冷青开始打量起左小影。没想到左小影在她脑门上轻轻戳了一下：“傻子，你没发现吗，许延跟我聊天的时候一直心不在焉，他老是偷偷瞄你。”

冷青不信：“怎么可能？你想多了。”

“我想多了才怪，这个男人我早就注意到了。每次你健身的时候，他都会偷瞄你，今天我们前脚进了游泳区，他后脚就跟来，明显是来找你的。”

冷青没有回答。

6.

“冷青，你赶紧谈恋爱吧，许延看起来真的不错。你撕衣服的声音可真难听，以后别再撕了。”

“只有你这样的笨蛋才会动不动就想恋爱！”冷青骂了她一句，回过头继续绘刺青图案。

冷青高中毕业之后，没考上大学，也不愿听父母的话去复读，就去了一家刺青店里打工。聂远洋是店里最好的刺青师，长得帅脾气又好，对冷青很温柔。

冷青的手艺越来越好，到后来，攒了些钱，就租了一间店面，自己做生意。聂远洋还在原来的店里工作，他说，再挣一些钱，就可以给冷青买房了。

冷青身上唯一的一处刺青是聂远洋帮她做的，左手无名指，一朵妖艳的彼岸花。他说，他会在上面给冷清戴一只钻戒，给冷青一生的幸福。然而，这誓言终究也是彼岸花，是再美丽也无法企及的远方。

当初，冷青的父母不同意这桩婚事，一是嫌弃聂远洋不是本地人，二是觉得聂远洋的职业收入不稳定，不能给冷青幸福。但是冷青都不怕，他聂远洋凭什么怕了？

“喂！冷青，你要是再不恋爱的话，我就上了啊！”左小影的聒噪将冷青拉回了神。

摸着脚踝那两个字母，左小影说：“冷青，这个男人是你要让给我的，万一我要是又失恋了，你得免费帮我文身。”

“你就不能盼自己点儿好吗？”冷青托起左小影的脸，“找个靠谱的男人，别犯傻了，知道给你文的字母是什么意思吗？”

左小影摇摇头。

“F.D——Freedom，自由。什么时候你才能不被男人影响，主宰自己生活？”

左小影抱住了冷青，她说：“冷青，你得做个幸福的女人。”

7.

左小影开始故意制造机会让冷青和许延在一起。

可每次许延的靠近都会让冷青呼吸停滞一下，于是冷青总是下意识地尽量避开。然而，左小影就像无处不在的影子，随时都能把许延带到冷青面前。

于是大家就开始了奇怪的三人约会。

冷青有时候骂左小影："你喜欢人家就去呗，干什么死拉着我。"

左小影吐吐舌头说："这叫公平竞争。"

冷青翻了个白眼，左小影的脑回路让人摸不透。

许延把玫瑰送到冷青手里的时候，冷青看到了屏风后面的左小影，她的身影有点儿落寞。冷青心里很不是滋味，她犹豫了片刻，没有把玫瑰接过来。

"对不起。"冷青转身回了店里，假装什么事都没有发生。恋爱不过是调剂品，可有可无，她早已习惯了一个人的生活。但左小影不一样，她是天生为爱而活的女人，爱情就像是她的生命。

对冷青来说，左小影是朋友，更是亲人，她比恋人更重要。

许延走了之后，左小影走了出来。

"你为什么不接那束玫瑰啊？"

"我一点儿也不喜欢许延。"

"冷青你没毛病吧！我知道你喜欢他！"

"我不喜欢他！一点儿也不。"冷青一字一顿地说着，眼神凶狠，左小影怯怯地低下头走了。那一刻，冷青觉得自己大概做了件什么蠢事。

慢慢就好了吧，只要有时间，什么都会好的。

8.

左小影开始约许延。

不再是三个人。

每次左小影回来都向冷青炫耀自己的恋情进展，冷青像是听故事那般不在乎，可内心怎样只有她自己知道。

冷青从左小影的炫耀中，得知许延吃饭的口味和自己差不多，也喜欢看法国的电影，喜欢画画。冷青本以为，她和许延的缘分就到此为止了，直到那天接到左小影电话。左小影在电话里哭得话都说不完整，她说："冷，冷青你快，快来啊……许延出车祸，要不行了……"

冷青冲到医院的那一刻才知道，左小影又在骗她。虽然招数很老套。

她在想如何解释的时候，许延一把抱住了她。左小影的套路太多，也太了解冷青，随便一戳就是冷青的软肋。

许延其实是冷青的高中校友，虽然冷青并不认得他，但是许延偷偷暗恋了冷青好多年。他对冷青言听计从，经常把冷青逗笑。冷青觉得有了左小影和许延，日子越过越明朗了。

半年之后，冷青和许延举行婚礼。左小影当完伴娘便消失了，冷青到处找她都找不到。冷青很难过，这种难过不亚于当初对聂远洋的失踪。

后来，梅姐告诉了冷青关于左小影的事。

八个月前，左小影在梅姐的客栈开了间房。客栈离古镇很近，左小影每天都要到古镇上冷青的刺青店看一眼，看看冷青过得好不好。那时，左小影和梅姐聊天聊得很投机。

再之前许多年的一个夏天，左小影失恋徘徊在湖边，她想不通，觉得什么都没有意思。她看着清莹莹的湖水，觉得真是好看，脑袋一热，就想下去陪自己的外婆。她走到一半，突然觉得自己被什么拽住了，一回头就看见一个短发的女孩子在死命地拽她。那是冷青。

左小影一直记得冷青的样子，真好看，人美心善。只是多年过去，冷青已经不记得左小影。

左小影认得聂远洋，那是她表哥。她当然也知道，聂远洋放弃了冷青，她骂也骂过、打也打过，然而都无济于事。

“我哥欠冷青，”左小影对梅姐说，“但我哥不会回来。”

来了大理，左小影发现许延也经常在冷青的店门口晃悠，和自己一样，就是没勇气进去。她心思一动，把许延的家世人品调查了个底儿朝天，最后，拉着冷青就去了许延常去的健身房。

左小影的套路，就像她的人一样，幼稚，却温暖。

冷青总在想左小影。

冷青记得自己结婚那天，左小影喝了许多的酒，拉着她的手在婚宴上哭成了泪人。

冷青觉得，左小影是喜欢许延的，虽然她看起来没心没肺，但心思比一般人都来得细腻。

冷青心里难过。

冷青买了会主动说“你好，欢迎光临”的玩偶挂在店门口，只要玩偶一响，她多忙也会抬头看看。

冷青觉得，左小影还会回来。像那晚一样“哗啦啦”地砸她的卷闸门。

拾壹

执念下，所有的开始都是不对的

1.

我第一次见有人在客栈里相亲。

当时我正跟梅姐学咖啡拉花，小水探头探脑地走进来，冲着梅姐笑了一下。小水长相甜美，惹人喜爱。

梅姐还没顾得上跟小水说话，就看到一个男孩紧跟在小水身后也走了进来。小水领着男孩径直走到用餐区坐下，回过头对梅姐喊了一句：“梅姐，两杯咖啡。”

梅姐对我使了个颜色，就去忙活了。我以为他们是一对恋人，心想，两人还挺般配。

梅姐端上咖啡之后，男孩很有礼貌地道了谢，紧接着把菜单推到了小水面前。

“你来点，看看想吃什么。”

小水甜甜一笑，翻开了菜单，最后点了一笼蒸饺、一盘素炒，还有一份粥。

男孩没有再点什么。

吃饭的时候，男孩一直盯着小水。

“你怎么不吃？”

“我看你吃就好了。”

“噢，你不饿呀。”

小水自顾自地吃着，男孩给她递上了纸巾，眼神温柔。

“你知道吗？我是故意让你点餐的。”男孩说完这句话，小水抬起头，一脸莫名其妙。

“因为从一个女孩的点餐，就能看出她的人品。”男孩继续说道。

“如果你直接点了店里最贵的，那八成是拿我当提款机，或者说，你很拜金，不是我想要的那种过日子的女孩。但是你刚刚点的清粥小菜，让我对你印象很好。”

小水被噎到了，使劲咳了几下。梅姐赶紧上了一杯温水，小水喝了几口，尴尬地用纸巾擦了擦嘴。

“我吃饱了。”小水对男孩笑了一下，然后起身走到吧台，拿出手机扫了一下二维码，问了梅姐价格，就把餐费付了。

末了，小水转过身对男孩说：“不好意思，我等下还有一场相亲。如果你不饿的话，可以先走吗？”

男孩的脸一阵青一阵红，手不自然地拽了拽衣角，起身告别。

男孩离开后，小水趴在吧台上笑得直不起腰，梅姐也笑，她宠溺地用手轻轻戳了一下小水的额头：“捣蛋鬼。”

小水一脸无辜地撒娇：“我怎么了？他不是想找个会过日子的贤妻良母吗？我可不是那种类型的，也不想占人家便宜，我自己吃的饭自己掏钱，怎么了嘛？”

梅姐无奈地摇了摇头：“你呀！”

“见过情商低的，没见过这么低的。梅姐，你说这种男孩，我怎么跟他过下去啊？”小水说完，笑着往门口走。

走到门外，小水还回过头给了梅姐比了个心。

2.

男孩的情商确实堪忧。

看得出他对小水挺满意的，错就错在，他不该把自己的想法和判断一股脑地全倒给了小水。他原本的意图是要夸赞小水，结果却坏了事，让人以为他太过势利。最后他连一口咖啡还没喝着，就被赶了出去，也是挺惨的。

梅姐说：“我一看见小水进来，就知道是这么个结果。这已经是她第十九个相亲对象了吧，也不知道这丫头什么时候能长大。”

一年前，小水的男朋友被她捉奸在床，主动跟她提出了分手。小水快哭成个泪人了，每次梅姐见她，她都好像丢了魂。后来小水不知道从哪儿听到的，说忘记一个人最好的办法，就是开始一段新的恋情。

从那之后，小水就好像着了魔，陷进相亲游戏中无法自拔。无论七大姑八大姨介绍的，还是她自己从网上认识的网友，只要是男生，聊两句觉得还可以，小水都要见一见。

梅姐劝过小水，她还年轻，才二十五岁，不用太过心急，感情的事情，要看缘分，船到桥头自然直。但是小水不听，她觉得好玩，就像游戏一样，过程中总能给她带来快乐。

3.

“我同事给我介绍的对象，加了微信之后，第一句话竟然是让我帮他在团购链接里砍价？他这么会省钱，一定也不需要女朋友，对吧？

“我舅妈给我介绍过一个公务员，一见面就说我的工作不好，不稳定，让我辞职。我当时都傻眼了，怎么会有这么自以为是的男生。

“我高中同学，快十年没见了，刚从外地回来。加了微信之后，每天都会给我发一段长长的语音，在语音里给我唱歌。问题是他唱得真的很一般啊，他以为自己在参加才艺展示大赛吗？我真的是头疼！

“北郊的那个男孩就更奇葩了，第一次约会这么重要，竟然带我去电影院看了一部大烂片！一张票花了我好几十块呢！他不心疼我还心疼呢！这品位太可怕了！

“我在相亲网站认识的那个男人更可怕，你们能想到吗？才第一次见面，就跟我聊结婚之后的事情。他说，婚后要跟他妈妈住在一起，因为从小到大都是他妈妈在照顾他。他还跟我说，现在全面放开二胎了，让我一定要给他生一个儿子，一胎生不出来还有二胎，实在不行生三个。请问他是在找保姆还是在找母猪？”

小水很喜欢来找梅姐玩，一来就会抱怨自己的相亲对象。

小水说得津津有味，看起来她真的是很享受相亲的过程。用她自己的话说，相亲可以让她见到各种各样的奇葩，打发无聊的时间还蛮有趣。

但每次小水讲完，我总觉得，她心里并不是这么想的。

4.

小水的第二十次相亲，还是在梅姐的客栈。那天董哥也在，他特地调了两杯苹果汁端了过去。

那天的小水看起来有些奇怪，她坐在男生的对面，一言不发地喝着苹果汁。我从没见小水如此安静过，她看男生的眼神，欣喜中又带着一点儿落寞。两人的交谈也十分简短，小水的苹果汁还没有喝完，男生就向她道了别。

男生离开之后，梅姐走过去坐到了小水旁边。

小水气得涨红了脸。

梅姐！你不是说要给我介绍男朋友吗？为什么偏偏是他！”

“你明知道他伤我有多深，你为什么要这么做！”

“我跟他分手之后，就再也没有喝过苹果汁，你们……为什么要这样……”

喊着喊着，小水扑到了梅姐的怀里，脸上早已梨花带雨了。

那天小水哭了很久很久，梅姐什么也没说，只是轻轻抚摸着她的头。小水哭累了之后，就盯着面前的苹果汁发呆。

“董哥调的苹果汁还是天下第一好喝。我以前不懂，苹果汁为什么甜味之后有一丝酸涩，现在懂了。”

5.

这场相亲是董哥和梅姐特意安排的。

小水的前男友在跟她分手之后，并没有跟第三者在一起，那晚的事情，只是一场醉酒后的意外。但是即便没有第三者，他还是会跟小水分手的。

梅姐去找董哥商量，他们瞒着小水和她前男友，说是帮他们分别介绍对象，安排一次相亲。如果两个人还有可能，那他们也算是做了一桩美事；若再无可能，梅姐想通过这次见面，让小水清醒一点儿。

一直以来，小水试图通过相亲的方式，让自己去认识更多的男生，并且希望能够遇到一个各方面都很优秀的人，跟他恋爱、结婚，过上幸福的生活。

表面看来如此，事实上小水一直都在自欺欺人。

无论什么样的男生，无论哪一次相亲，很少听到小水去夸奖对方，甚至连客观的评价，都很少。无论是什么样的男人，她总会挑对方的毛病。

在小水看来，温文尔雅的男生，太过木讷；开朗外向的男生，油嘴滑舌；憨厚老实的男生，品位太差；家境优越的男生，过于自大……

看似在挑剔别人的毛病，实则是小水紧紧地封闭着自己的心门，不想让任何一个人靠近，害怕再次受到伤害。

“我就是想找一个各方面都比他强的人，让他后悔！”

小水对这些男生的诸多挑剔，说到底，还是因为那个让她一直忘不了的人。她想要找到一个十全十美的人，这个人她可以不爱，但是一定要胜过自己的前男友。

这种心理作用下，所有的开始都是不对的。

6.

小水的前男友就很优秀吗？

也没有。一个普通的IT男，家境一般、学历一般、长相一般。小水跟他在一起时，也很少有被宠爱的感觉。

男生跟小水约会，最爱去的地方是公园。两个人沿着占地广阔的公园边走边聊，随随便便转一圈，一个下午就过去了。

小水问男生渴不渴，男生永远说不渴。每次都是小水渴到受不了，去零食屋买矿泉水。她喝了几口，把水递给男生，男生毫不犹豫地接过，一口气能喝掉半瓶。

男生真的不渴吗？并不是。

“景区的矿泉水四块钱一瓶，走出去只要两块钱。”这是男生给的理由。一个令人哭笑不得的理由。

自己的女朋友已经渴到快要崩溃了，他却还在为两块钱斤斤计较。他的小气，和与小水相亲的那些男生比起来，真的是有过之而无不及。

然而在当时的小水看来呢，他是懂得规划，会过日子。

果然是情人眼里出西施的桥段，也只有恋爱中的女生，眼里心里，看到的都是对方的好。

7.

“他还是你喜欢的样子吗？”梅姐问小水，“隔了一年，你再看他，感觉还和以前一样吗？”

“我无数次幻想过再见到他的场景，应该是我挽着我未来男朋友的手，趾高气扬地从他面前走过，我从没想过是这样的场面。”

一年了，小水从未忘记过他，但是今天再见面，小水竟然没有那种想再和他在一起的渴望了。

“果然，人都是会变的。以前我眼里看到的都是他的好，如今，他肩膀上的头皮屑，我也接受不了。”

“或许，我只是对自己的爱情，对自己的青春不甘心吧。

我真的有那么爱他吗？我自己也觉得好像没有。我觉得我得出去走一走，梅姐，我想出去玩一玩。”

梅姐笑了笑：“好啊。”

8.

小水请了半个月的长假，第二天一大早，就离开大理，飞往北方。

或许在南方氤氲潮湿的气候里待得太久，小水的心总是湿漉漉的，她想要去北方看一看，顺便晾晒一下自己的心。

临走之前，梅姐问她：“有合适的男生还需要给你介绍吗？”

她说：“不了，我该学会一个人独处，面对自己。”

小水似乎一夜之间长大了，既没有对过去的自己感到失望，也没有对未来感到担忧。

小水走了之后，梅姐喝了点儿酒。

“小水总算活明白了。”

是啊，治愈情伤的办法，不一定是要开展一段新的恋情，更重要的，是重新整理自己的心。如果心门是封闭的，即便爱情来临，也会被挡在门外。

更何况，相亲并不代表可以遇见真爱，它只是让人多了一些机会罢了。爱情是一种玄妙的东西，它来的时候毫无预兆，走的时候也毫无道理。我们只有懂得自己、正视自己、无忧无惧，才能够坦然面对爱情。

小水从北方回来之后，我不知道她还会不会继续相亲。就算她还要相亲，也一定不是像之前那样，盯着别人的错误，再把错误无限放大。毕竟人无完人，她曾经爱过的那个男生，不也是一个肩膀上有着头皮屑的吝啬鬼吗？

其实每个女生的心底都会住着一个人，很多时候，我们爱上的并不是那个人，而是那个人当时给我们带来的美好。

可这种美好，更多的是我们自己造出来的幻影。

我们紧紧地抓着这个幻影，不断美化它，以至于连自己都相信它就是最美的，无可比拟。事实上，一触即破。

时间久了会发现，有些事、有些人，其实没那么重要。

拾贰

别在该动脑子的时候，动感情

1.

到大理的那天，雨下得挺大，出租车司机对路线并不熟悉，把我放在了另一家名字相似的客栈门口。事实上，那里离我要住的客栈还有三公里。

晚上十点，路上几乎没有人，几分钟过去也不见一辆车。

我一连开了三个 App 打车都徒劳无功，无奈之下，只能打电话给客栈老板求助。发送定位后十分钟，我见到了梅姐。

梅姐骑着一辆封闭式的电动三轮车，载着我往客栈方向驶去。她是客栈的老板娘。

我忍不住打了个寒战。新买的裙子已经湿了大半，贴在腿上，脸上的妆估计早就花了。说实话，挺狼狈的。

到了客栈，梅姐领我直接进了二楼的客房："先洗漱休息吧，其他的随后再说。"五分钟后，还给我端来一碗滚烫的姜汤。

梅姐的姜汤，暖入人心。

2.

直到第二天早上，我才到前台办理登记和入住手续。梅姐看到我，热情地招呼着，旁边坐着她的老公——董哥。

早餐是梅姐自己做的简餐，吃饭的时候，梅姐就坐在我对面，她一直询问，饮食是否合我胃口。我倒被她问得不好意思了。

梅姐说，今天是她和董哥结婚十五周年的纪念日，说完，先不好意思了起来。董哥是梅姐的高中同学，亦是初恋。他们的梦想，是大学毕业之后，能够开一间客栈，如今，他们过着梦想中的生活，这间客栈已经翻新了两次。

梅姐趁董哥去倒水，压低了嗓音，悄悄地问我："帮我看看，这两款手表哪个更好看？"

我问她："是送给董哥的纪念日礼物吗？"

梅姐紧张地看了看董哥的方向："嘘……别让他听见。我去店里看了好几次了，一直犹豫，这两款不知道选哪款，你们年轻人眼光好，帮我选选呗。"

我给了她一点儿建议，她笑着对我连连点头。梅姐笑起来真好看，原本大大的杏眼，一瞬间就弯成了柔美的月牙。

“帮我保密，我等会儿就去店里把它买了！”

说完，梅姐寻了个理由，跟董哥“请了个假”，就跑出去了。

梅姐的少女心像是一颗糖果，让我的生活在一个糟糕的夜晚之后，竟变得有些甜。

3.

客栈生意清冷，董哥说，最近不是旺季，楼上楼下加起来十间客房，平均每天也就入住三四间。

得知我是第一次来大理，董哥给我做了一份非常详细的攻略，他还拿了纸笔，给我画了一版有趣的地图。这份地图，粗略地勾出了大理各处吃喝玩乐的好地方，一直到现在我还收着。

有人来客栈找梅姐，董哥说：“这丫头一大早就跑出去了，八成是跟闺蜜打麻将了！你打她手机试试。”

“梅姐性格真好，像个小女孩。”我忍不住说。

“她呀，永远是个长不大的小丫头！”提起梅姐，董哥眉眼间都带着笑意。原来喜欢一个人真的是藏不住的。

毕竟是穿着校服就在一起，嫁给爱情，着实令人羡慕。董哥闲暇时，就坐在前台看英语学习材料，一边看一边做笔记。

“少壮不读书，老大徒伤悲。”说起这事儿，董哥特别不好意思。他高中毕业之后，就辍学打工，二十年的风风雨雨，早把学到的英语知识吹得没了影踪。至于梅姐，虽然念完了大学，却早已不会开口说英语了。

“是担心跟外国旅客沟通不畅吗？”

“不是，我们这边来的外国人很少，偶尔几个，用翻译软件就够了。我呀，是想恶补一下英语。我答应梅子，今年要带她去欧洲旅行。梅子嫌英语枯燥，那只能我来学了，出去总不能两眼一抹黑吧，毕竟不能只靠翻译软件。”

一阵风吹乱了柜台上的账本，董哥没去管它。

旁边，玻璃瓶里的玫瑰颜色娇艳，董哥看书看得很认真。

4.

吴璇一边打电话，一边走进来。她把身份证放到前台时，脸上还挂着泪珠。

她一直在和电话那端的人争吵，那人似乎是她的丈夫。

“我当初真是瞎了眼嫁给了你！”吴璇挂断电话，站在原地号啕大哭。我和董哥愣在那里，不知如何是好。

刚好这时梅姐回来了，只看了一眼便走上前来一把拉住吴璇，让她坐下来。

梅姐给董哥使了个眼色，董哥便识趣地递上一杯玫瑰花茶。梅姐把茶推到吴璇面前，笑着说：“喝点儿水润润嗓子吧，这是我自己熬的玫瑰酱，泡茶喝特别香。”

吴璇接过梅姐递来的纸巾，擦了擦眼泪，喝光了一杯茶。

当初为了爱情，她不惜跟家人决裂，22 岁大学刚毕业就跟对方领了证。不过五年时间而已，这段婚姻就被撕开了一道血口。

五年里，吴璇一直扮演着贤妻良母的角色，温柔体贴、勤俭持家，对丈夫无微不至。他们的孩子，今年刚两岁，正是牙牙学语的年纪。

嫁给爱情是吴璇的梦想，说起时，眼角眉梢都带着笑意，可很快又变作叹息：“没想到，当梦想成为现实，梦想就开始破灭了。”

孩子出生之后，吴璇提议让婆婆来帮忙带孩子，这样她也能继续工作。但是丈夫不同意，他让吴璇辞职，还说女人带孩子是天经地义的事，他母亲年纪大了，经不起这样的折腾。

吴璇想过给娘家打电话，但是想起当初执意要嫁时父亲愤怒的样子，便打消了念头。当时，父亲甚至扬言跟她断绝父女关系。

那时，吴璇家非常不赞成这门婚事，毕竟那时吴璇还年轻，不懂世事，更何况男方一副吊儿郎当的样子，完全不把吴璇的家人放在眼里。

母亲告诉她："你嫁过去要吃亏的。"

吴璇不听，她跟母亲吵得厉害："如果这辈子不能嫁给自己的真爱，跟行尸走肉有什么区别？"

到最后，她冲自己的母亲喊："你嫁给我爸，就开心吗？一辈子都在凑合过，有意思吗？"

"啪"，一个巴掌扇到吴璇的脸上，那是父亲第一次打她。

吴璇还记得自己当初倔强的样子，她说："我就是要饭，也要跟他在一起，不用你们操心！"

5.

吴璇的爱情轰轰烈烈，这曾是她最引以为傲的，但她却没想到，同样的东西，成了伤她最深的东西。

婚后，吴璇跟随老公去了男方所在的城市。对吴璇而言，那是个完全陌生的地方，举目无亲。但她狠了心，要幸福给别人看，五年里从没主动往娘家打过一个电话。每次母亲偷偷来电话，她都报喜不报忧，选择性地聊上一些。

生活被她粉饰得天下太平。事实呢？她早就发现了自己婚姻的危机：婚后第三年，老公就经常应酬不回家。

从前恋爱时，大小节日都会收到丈夫精心准备的礼物，到后来，什么都没有，有的只是她的叹息。

5 月 20 日那一天，吴璇软磨硬泡，让丈夫给她发了 520 元的红包。她激动地截图，精心编辑了一段文字，晒到朋友圈。看到大家满满的羡慕和祝福，吴璇笑得合不拢嘴。然而，没人知道，那天晚上吴璇是一个人睡到天亮的。手机打了无数遍，丈夫始终是关机。直到吴璇做好早餐，丈夫才醉醺醺地回来，脏衣服、臭袜子丢了一地，倒在沙发上鼾声大作。

爱情是风花雪月，婚姻是一地鸡毛。

原本以为，生个孩子，就能给这个家增添一些新鲜感，就能让这段婚姻更加牢固。她满心期待地等着那个新生命的到来。然而，她在产房里痛到几乎昏厥时，丈夫却在医院旁边的酒店里呼呼大睡。

吴璇被护士从产房推出来的时候，母亲迎上来嘘寒问暖。婆婆赶紧抱过孩子，看到生的是女儿时，把孩子放回了吴璇的身旁。

那一刻，吴璇就清楚，婆家是不会管她的，但总还是存了念想，希望婆婆能留下来帮她一起带孩子，可话刚说出口，就被丈夫搪塞了回来。

也罢，自己的孩子，再苦再累也得养大。吴璇丢了工作、丢了自我，看着孩子一天天长大，会叫妈妈，觉得也值。

没想到两天前，吴璇接到“小三”打来的电话，对方趾高气扬地劝她和丈夫离婚。吴璇哭了、骂了、折腾了，但丈夫没有一句解释，只是问她：“你闹够了没有？”

6.

吴璇还能怎么样，自己的青春和爱情，都喂了狗，只能怪自己遇人不淑。

她买了最近的一趟飞大理的航班，想一个人出来冷静冷静。落地开机，十几个未接来电。丈夫的电话催命似的一波接一波，她原以为对方会有一些歉意，没想到净在数落她的不是。

“你就这么丢下孩子跑了，像话吗？”

“你就说你还想不想过了吧？”

“我还不是为了这个家，别耍性子了行不？”

我们问她打算怎么办，她看着窗外，摇了摇头：“我也不知道。”

末了，吴璇说，还不是自己蠢，年轻的时候只想着爱情，没想到一头扎进了婚姻的坟墓里。如今还能怎么办？为了孩子也得过下去，跟“小三”斗智斗勇，把丈夫抢回来。

“那你为什么还一个人跑到这里？”梅姐十分不解。

“给他一个教训吧，让他知道珍惜。他必须跟我认真道歉我才回去。”

我悄悄地退出了这场谈话，回了房间。既然她主意已定，已经做好了回去面对现实的准备，谁再说什么，都无济于事。

晚上，我们又听到她坐在院子里和丈夫打电话，两人依旧在大声地争吵，无外乎是埋怨、责怪、愤恨，咒骂爱情这个“狗东西”。

其实，爱情又有什么错呢？嫁给爱情，又有什么不对呢？只是我们在嫁给爱情之前，就应该想好一个问题：万一哪天，激情退去，爱情没有了，我们该怎么办？

任何事物都有保质期，爱情也不例外。爱情原本就是个虚无缥缈的东西，它并不是永恒存在于某个人身上的，随着岁月的磨砺，很多人的爱情，都会消失殆尽。当爱情不复存在，我们是浑浑噩噩度日，还是及时止损？

吴璇总以为，爱情消失，是因为自己不再年轻，也不再漂亮如初，输给了青春逼人的“小三”。可爱情的开始，本就跟物质、外貌、家境没有任何关系，爱情的消失，当然也跟这些无关。

7.

梅姐跟董哥结婚十五年，依然像个被宠坏的孩子。为什么同样是嫁给爱情，最终的结局却天差地别？

爱情往往是盲目的，我们抛弃了所有的外在条件，只是因为爱。我们选择爱情，但同时也别忘了想清楚对方是否值得自己托付终身。

毕竟爱情可以一时新鲜，婚姻却是长久的柴米油盐。

两个人三观一致，趣味相投，用心去经营，爱情会和婚姻一样长久。若两人从一开始，灵魂便无法契合，那爱情来得快，去得也快。婚姻不是一时脑热，而是需要两个人共同付出、共同进步的。

并不是所有的爱情都可以善终，最初的白月光，也可能变成日后馊掉的白米饭。最初的情真意切、海誓山盟，也不能代表最终。当我们决定嫁给爱情时，首先要考虑的，是这份爱情是否足以支撑我们走完一生。

当爱情不再，我们该如何面对生活？我从不认为逃避是有用的，譬如吴璇，哭到肝肠寸断，也不过是在等待爱人将自己召回。她执着不肯放手的那份爱情，或许不过是一场自欺欺人的自我感动。当吴璇在感情中迷失自我，慢慢把自己变成一个彻头彻尾的附属品时，她的生活就充满了危机。

我们本就该为自己的人生负责，即便爱情不在，也要寻找自己的价值。吴璇可以去工作，可以去为她的未来拼搏。生活是公平的，你如何对待它，它就会如何对待你。浑浑噩噩，还是积极向上，得到的结果完全不同。

嫁给爱情是世间最美的童话，而这童话，我们只看得到开始，结局需要自己去书写。只希望女孩子们在书写这份爱情的时候，不仅要带着感情，更要带着脑子。

拾叁

谁也不知道，明天和意外哪个先来

1.

在客栈醒来的第三个清晨，我推开窗，看到了一个老人。

其实也不算老，和我父母差不多的年纪，背有一点儿驼，蹬着三轮车“咯吱咯吱”地前行。他的脖子上搭着一条白毛巾，大约是准备擦汗用的，额角已经渗出了细细的汗珠。

三轮车上载满了鲜花，离客栈越来越近了，一阵风吹过，栀子的香味便扑面而来。我正在想要不要买一束，老人的三轮车“嘎吱”一声便停了下来。

董哥三两步从客栈出来：“贺叔！您来了！”

看起来他们相识已久。

贺叔从三轮车上下来，抱出一大捧绣球递给董哥。脸上带着歉意的笑，贺叔一口陕西话：“不好意思啊小董，这两天耽误你了。”

董哥赶紧摆摆手：“说什么呢贺叔，我这不打紧，您只管忙您的，抽空把花给我送来就行。”

贺叔握了握董哥的手，略微弯了弯腰表示感谢。

我赶紧披了外套下楼，等我走到门口的时候，贺叔和他的三轮车已经不见了。巷子里隐隐约约还能听到“咯吱咯吱”的声音。

董哥看到我，招呼着准备去弄早点。我摆了摆手，笑着说不饿，我是被那阵栀子的香味引来的。

董哥已经把绣球插到花瓶里了，拿着喷壶朝着繁盛的绣球喷水，回过头跟我说：“不着急，贺叔天天都会路过这儿，隔天就会给咱们店里送花。明儿早上我给你留意着，贺叔来了，让他给你留些栀子。”

我问董哥：“既然贺叔天天来，怎么我之前没见过他？”

董哥叹了口气，点了根烟，搬了长凳坐在门口。

董哥告诉我贺叔是个花农，是陕西人，十几岁时来了大理，后来娶妻生子，在这儿一待就是四十年。

“贺叔是个可怜人，可怜人倒也有可喜的事儿，儿子小贺很争气，考上了云南大学，只是还没毕业，就查出得了尿毒症。”

董哥说贺叔还有一个女儿，已经结婚了，嫁得不是特别如意，两人付出十分的努力也只是勉强维持温饱，弟弟这边的事情也帮不上什么忙，给小贺看病的事情，就全落到了贺叔老两口身上。

贺叔的妻子之前是公务员，退休工资倒还可以，如今老两口起早贪黑在花田里和大街小巷中穿梭，就想多挣点儿钱给小贺看病。

我问小贺的病情如何，董哥沉默了一会儿说：“过一天算一天呗。”董哥说完，收拾起瓶中已经枯萎的玫瑰，熟练地拿着绳子准备将它们制成干花，自言自语道：“贺叔太实在了，人家一束芍药15块钱，他只收10块钱。”

我看那束玫瑰里有几枝还未败落，就问董哥要了来，回房间修剪之后插进一个空瓶子里。

2.

第二天清晨，贺叔果然来了。

董哥帮我买了束栀子，我下楼的时候，贺叔正准备离开。我想再要一束满天星，贺叔说今天带的满天星是别人提前预订的，等他忙完再给我送一次。

我说不急，明天再来也是一样的，贺叔憨厚地笑了笑，骑上三轮车离开了。

贺叔的花，便宜、新鲜，只是看着就会让人心情好上许多。那天傍晚，我吃过晚饭后正沿着河边溜达，竟遇到了贺叔。

贺叔开口就是再熟悉不过的陕西话：“女子，我正准备去客栈寻你，真巧在这儿碰见你了，给，你要的满天星。”

没想到，我早晨不经意的一句话，贺叔会在傍晚特意跑来给我送一趟花。那束满天星只要5块钱，可贺叔从花田跑来，得骑二十分钟的三轮车。

我给贺叔10块钱，跟他说不用找。贺叔不悦，从口袋里找出一张5元的纸币，硬塞进了我的手中。见我不再推让，贺叔才笑。

我问贺叔：“您吃饭了吗？”

他用脖子上的毛巾擦了一把汗，指了指三轮车里面的保温饭盒：“刚做好饭，正打算去医院给老伴儿送去，一块儿吃才有味儿。”

得知贺叔还要去医院，我就没再耽搁他的时间，寒暄两句，便道了别。贺叔离开的时候，蹬三轮蹬得飞快，一点儿不像五十多岁的老人。

回到客栈之后，董哥看到我手中的满天星，笑着问：“见着贺叔了？”

“是啊，没想到他特意跑来给我送了一趟花。才收了我5块钱，真不值得他折腾，我要多给，他也不收。”

“贺叔这人特别有原则，一向说到做到。”

“董哥，贺叔每天都是这样，医院、家里和生意几头跑吗？”

“小贺只要住院，就是这样。这个病已经花了不少钱，他们请不起护工，老两口就一个守在医院，一个做生意到处跑。贺叔怕他们在医院吃得不好，三餐都是在家里做好了送过去。”

“生活不易。”

“我们这些街坊也帮不上什么忙，只能多买些他的花，算是一点儿心意吧。”

3.

有一天晚上，贺叔从医院回来，家里突然停电了，估摸是保险丝烧断了。他找不到自己的老花镜，看不清电表箱，就跑到客栈请董哥帮忙。

董哥正在安排新入住的客人，贺叔就坐在一边等着。刚好我也在，就和贺叔打了个招呼，坐在他身边和他聊天。

贺叔得知我是来这边旅行并且出过几本书之后，对我竖起了大拇指：“女子，我一看你就是有文化的人。我是个大老粗，肚子里没墨水，不过花卉知识倒是懂一些，你有啥想问的，我可以告诉你。”

讲起花卉，贺叔整个人都神采奕奕的。他当了大半辈子花农，熟悉每一种花，对他来说，每一朵花都是有灵性的，就像自己的孩子一般。

后来我们聊到了小贺的病情，贺叔说：“一开始确诊的时候，我和老伴儿天天抹眼泪，谁能想到，娃娃年纪轻轻的就得了这样的病？刚开始真的不能接受，到现在都三年了，也已经慢慢习惯了。小贺这个病啊，需要做透析，一开始每个月做一次，到后来几天就得做一次……做了一年多，把家里的钱都用光了。没办法，我们只能托人买了台透析机在家里给小贺透析，节省开销。”

“好点儿了吗，小贺？”我问。

贺叔摇摇头，苦笑了一下：“要是好点儿就好了，这两年，非但没好，反而在慢慢加重，如今钱花了，罪也没少受。”贺叔的眼眶红了，我也跟着有些难过。

为了让小贺转移注意力，贺叔在旧书店给他淘了不少书让他打发时间。“我娃最喜欢看金庸的武侠小说，他脑子好使得很，要不是身体不行，他都打算写武侠小说呢！”

“前几天我娃身体不大好，又去医院住了几天。大夫说病情已经稳定了，明天就能出院，可以继续在家里做透析了。”

贺叔黝黑的脸上，露出了笑容。我提醒贺叔要注意身体，适当休息，别过于劳累。贺叔摆了摆手：“咱这祖祖辈辈都是农村人，身体结实着呢！再说了，我也不敢生病，得撑着，万一我病了，就没法做生意挣钱。只要我能挣钱，就能给儿子买药治病。”

贺叔心态很好，但是聊了一会儿，他声音明显低沉了：“我现在最怕的就是，小贺哪天不在了，我跟他妈就没有动力了。白发人送黑发人，我不敢想，他还那么年轻，还没有寻对象，还想去大公司上班，我得帮他啊。但是我更怕哪天我突然不在了，到时候谁来照顾他妈，谁挣钱给他看病啊！”

贺叔说不下去了，开始哽咽。

“女子，叔烟瘾犯了，出去抽根烟。”

贺叔走到门外，蹲在墙角，从口袋里掏出烟盒，抖了抖，抖出一根烟，放进嘴里，打火机打了好几下才点着。贺叔抽烟的时候，一直歪着头望着前方，我循着他的视线看去，是一面灰扑扑的墙。

4.

董哥安排好顾客之后不见贺叔，着急地问我。

我指了指门外，董哥跑出去，搀起了贺叔。我无事可做，索性便跟了上去。

拐过两条巷子，就到了贺叔家。贺叔家的院子不大，迎面是三间瓦房，两边是砌出来的花坛，栽满了花草，打理得井井有条。这院子看起来有些年头，虽然旧了些，但打扫得很干净。

我打开手机上的手电筒，帮董哥照明，贺叔在一旁递工具。没什么大问题，只是保险丝断了，董哥让我们稍等一会儿，他回去拿保险丝。

董哥前脚刚走，贺叔的女儿珍姐就进来了，还带了一幅装裱好的十字绣。

珍姐从包里拿出一千块钱，贺叔坚决不要："你们两口子挣钱也不容易，这钱爸不能收。再说了，你娃马上要上小学，到处都要花钱，你自己留着吧。"

珍姐说她最近给人绣十字绣，每天下了班在家绣几个小时，一个月也能多挣一千多。

"在家也能挣钱？"贺叔将信将疑地看着珍姐。

珍姐拿出自己绣的十字绣，月光将院子照得倒也亮堂，可以看到"家和万事兴"的字样。

贺叔抚摸着十字绣，说道："没想到我女子手这么巧，把这牡丹绣得像真的一样。"

珍姐将钱塞进了贺叔手中，这一回，贺叔没有拒绝。

"你俩最近咋样？"

“就那样吧，你又不是不知道，他爱喝酒，喝了酒就跟我吵架。”

“他压力也大，在厂里上班，工资低、干活时间长，你让着他点儿。两口子不敢经常吵架，伤感情的。他喝多了，你就顺着他说话，别跟他抬杠。”

“好，我知道了。”

“出门的女子，不比在家，要搞好一家人的关系。小事能让就让，但是也不能让人欺负了，他要是敢欺负你，你跟爸说，爸去收拾他！”

“爸，你放心，他不敢的，他就是喝多了嘴碎。”

“爸没本事，帮不上你的忙，你看你弟现在又得了病，珍啊，辛苦你了。”

“爸你说啥呢，你最不容易。”

珍姐说话的时候，一直低着头，我看不清她的表情。

不久，董哥回来了，三两下就修好了保险丝。

贺叔拽了一下旁边的拉绳，院子里的灯亮了。

董哥看了我一眼，说：“咱俩回去吧？”

贺叔说：“小董，你等下。”说罢，他转身朝厨房走去，没多会儿拿出一个长长的老南瓜送给董哥。“自己家种的，吃着好吃，你别嫌弃。”

董哥不收，贺叔急得抬高了声调：“你这娃，咋一点儿不懂事嘛！叫你拿就拿着，别让叔生气！”

董哥推辞不过，只能收下了南瓜，连着说了好几声谢谢。贺叔像个孩子似的笑了起来：“哎！这就对了嘛！”

我和董哥走的时候，贺叔在我手里塞了一本笔记本。他说这是小贺以前写的文章，让我给帮忙指导指导。

5.

小贺非常善于编故事，他笔记里的文章，基本都是小说，带点儿科幻，也有武侠，看得出来，是个充满想象力的年轻人，若不是被病痛拖累，应该也是意气风发的。

科幻、武侠类的小说，我并不擅长，但又不想让贺叔失望，于是就请教了一位写这方面小说的作家朋友，请他帮忙写了一篇中肯的点评。之后，我在网上买了几本口碑非常好的科幻小说，一并给贺叔送了去。

贺叔谢了我许久，还非要给我钱。我说是朋友送的书，不要钱，他才作罢。

第二天早上，我下楼吃早餐的时候，董哥给了我一大束花，说是贺叔给我的。

午饭过后，巷子里变得嘈杂起来。我和董哥走出去，发现贺叔回来了，他骑着三轮车，笑得很开心，和街坊们热络地打着招呼。

车后面，坐着小贺和他的母亲。

这是我第一次见到小贺，眉骨和鼻梁高挺，眼睛炯炯有神，虽然整个人十分消瘦，但丝毫不影响他的俊朗。

路过我身边的时候，贺叔特意停了下来，告诉小贺我送书的事情。

小贺的手撑着三轮车的边缘试图站起来，我赶紧扶他坐下，他对着我笑着说感谢。

贺叔骑着三轮车“咯吱咯吱”前行，他心情似乎很好，情不自禁地吹起了口哨。

我隐隐约约听到他们的对话。

“老头子，累不累？要不我先下来吧！”

“娃他妈，你可别小瞧我！”

“爸，您慢点儿，不着急。”

“没事儿！你爸我还精神着，还能再骑车带你二十年。”

听到最后一句，我的鼻子猛地一酸。

但愿，贺叔能够骑着三轮车，载着一家人，继续他们幸福美好的时光。

拾肆 时间不长，就一生

1.

六十五岁这一年，乔伯决定环游中国。

从最北边的黑龙江出发，一路到了大理。乔伯的身体看起来十分硬朗，一点儿不像年近七旬的样子，他留着利落的寸头，连白发都看起来精神奕奕。

我们都打趣地说，乔伯看起来像是省城来视察的老干部。

乔伯虽然是第一次来大理，但来之前做足了攻略。他给我们看自己收藏的帖子，讲着自己的计划，像极了一个旅游多年的资深“驴友”。

乔伯喜欢拍照，拍完回客栈后，会挑选出最满意的几张，让我们教他修图。

“这个颜色怎么调亮？”

“那个比例不对，怎么裁一下？”

乔伯戴着眼镜认真研究的样子，像个好学的孩子，十分有趣。

修完图，乔伯会心一笑，打开微信，将这些精心挑选的图片一张张发给一个叫小娥的人。

“乔伯，小娥阿姨是谁啊？”有人打趣地问。

“我老伴儿！给你们看她照片儿。”

乔伯打开小娥的头像，小娥阿姨穿着旗袍站在桃树下，笑得一脸慈祥。

“看我老伴儿模样俊吧！她年轻的时候可是俺们那儿出了名的大美人儿，穿旗袍可好看了，大家都羡慕我！”

董哥问他，怎么没带阿姨一起来大理。

“没了，”乔伯说，“我老伴儿已经没了一年多了。”

听到这句话，我们都沉默了。

乔伯却依旧笑着，看着小娥的头像，手机一会儿拿得近，一会儿拿得远。

2.

小娥和乔伯在一起的时候，才十七岁，正是最美的年华，身材高挑，肤色如雪，扎着两条粗长的麻花辫，笑声朗朗，很是讨喜。

来给小娥提亲的人很多，小娥一个都看不上眼，她就喜欢乔伯。当时乔伯家里穷得叮当响，根本没钱给他娶媳妇儿。

“那也没关系，我不要彩礼，婚礼也省了！”小娥的潇洒，让乔伯心服口服。

小娥家为他们二人举办了简单的婚礼，乔伯呢，也同意入赘。

“村里的人，爱说让他们说去，我要是再计较，才真的配不上小娥呢！”乔伯的气度也令人敬佩。

只要能和小娥在一起，对乔伯来说，在哪里都无所谓。

婚后第二年，乔伯当兵走了。

“我得混出个名堂，不能让小娥跟着我吃苦！”

乔伯一走就是七年，这七年里，乔伯每天都会给小娥写信。

结束一天的训练之后，乔伯会把当天发生的趣事写给小娥。连队里的狗生了几只小崽，食堂的红薯一点儿都不甜，班长的袜子破了几个洞……他总是有写不完的话。

“我那时候天天写信，班里的信纸基本都让我用完了，为这事儿班长没少批评我。”再说起这些事时，乔伯脸上仍带着笑，仿佛能让人跟着这笑穿越重重时光，看到那个在夜色里伏在桌前写信的乔伯。

信纸不够，乔伯就开始想办法，他扬言要挑战连队的长跑冠军。如果乔伯输了，就替对方打扫一个月的卫生，如果乔伯赢了，对方就把自己的两本信纸给乔伯用。

为了那两本信纸，乔伯每天练习长跑，即便在中午最热的时候，依然顶着大太阳在操场跑圈。

一个月之后，比赛如期举行，围观的战友一个个兴高采烈地议论着，加油声此起彼伏，仿佛过年一般热闹。

结果出乎意料，乔伯输了。在快要接近终点的时候，他腿抽筋，跌倒在地，头上还挂了彩。

乔伯信守承诺，帮对方打扫了一个月的卫生，不过，他也得到了自己想要的信纸。不是两本，而是整整二十本。从那天起，乔伯的大名就红透了整个连队，所有人都知道二班有个痴情种。

3.

小娥就是靠着这些信，度过了漫长的七年。

乔伯一直觉得自己对小娥有所亏欠，不只是这七年，还有她对自己忠贞不移的情分。因此，乔伯回来之后，便一直宠着小娥，家里大大小小的事情，他能做的，绝不让小娥动手。

小娥喜欢穿旗袍，乔伯就每年带她去县城的裁缝那里量身定做。

小娥年轻时是一个非常酷的女生，有阵子别人叫她“老乔家的”，她就不高兴：“我有我的名字，为什么叫我老乔家的？我不属于谁，我就是我！”

那会儿，只有她敢这么说，也只有她会这么说。乔伯觉得小娥哪儿哪儿都与众不同，浑身透着一股特别的劲儿。

乔伯总是对人说，得对小娥好一些、再好一些，他怕小娥哪天看不上自己，跑了。

小娥就叉着腰骂他：“老娘想不想跑还由得了你？我要是不喜欢你，你把我当皇太后供着，我也不跟你过！”

乔伯就嘿嘿地笑，他知道，小娥嘴上骂自己，其实是心疼自己。他就喜欢听小娥骂自己两句，心里舒坦。

乔伯年轻时候的性格过于内向，话少，又倔强，只有跟小娥在一起时，他才觉得日子过得热闹，充满了趣味。

4.

乔伯的儿子和女儿都出生在冬天。

坐月子的时候，乔伯特别怕小娥着凉，水壶里二十四小时都有热水，就连吃饭时坐的凳子，乔伯都特别用棉花做了棉垫子包着。

两个孩子闹腾闹腾，也就长大了。儿女大了，矛盾也便随之而来。小娥脾气火爆，训斥孩子们是常有的事，乔伯大部分时候不说话，即便说话，也是向着小娥。

孩子们结婚之后，都在城里买了房，请他们老两口过去住，他们也不去。

等当了爷爷奶奶之后，乔伯和小娥才进了城，分别给儿子和女儿带孩子。乔伯在儿子家，小娥在女儿家。

每天儿子、女儿下了班，吃过晚饭，乔伯就会骑着电动车去找老伴儿，带着小娥去跳广场舞。跳舞的人群里，乔伯是唯一一个男性，十分打眼。有人笑话他，他也毫不在乎。

“我是陪小娥来跳舞的，他们爱笑的话就笑去，我又不会掉斤肉！”

乔伯的广场舞跳得比小娥都好。慢慢地，附近的老头儿也都加入了广场舞的队伍，成了一道亮丽的风景线。

5.

只可惜，没过几年，小娥便查出了癌症，晚期。

小娥住院的时候，乔伯几乎夜夜守在病床前，陪小娥聊天解闷。

“她总是说她还没活够，下辈子还想跟我过，”乔伯说这句话的时候，抹了抹眼泪，又笑了，“其实我也没跟她过够，你说人这一辈子，咋就这么短呢？”

有一回，小娥难得胃口好，想吃烤冷面。

乔伯赶紧跑出去给她买。路上结了厚厚的冰，乔伯不小心摔了一跤，走了很久，才回到病房。推开门，却发现小娥的病床空了。

“我脑子里当时一片空白，我就觉着吧，啥都没了。”

乔伯趴在病床前号啕大哭，女儿进来之后，怎么劝都劝不住。女儿告诉他，小娥只是去检查了，乔伯不信。

“我当时就觉得，他们肯定在合伙儿骗我。我心里想的只有一件事，我要跟小娥一起走。她不能把我抛下。”

乔伯哭了半个多小时，女儿没办法，只得赶紧接小娥回病房。小娥进门看到这场景，哭笑不得。

“你个老东西，怎么着？等不及要给我送终了？”

乔伯破涕为笑，冲上去一把抱住小娥，一遍又一遍地重复着同一句话：“你可不敢把我一个人撂下。”

小娥笑着骂他，骂着骂着，也流了泪，两个老人痛哭出声，窗外是簌簌白雪。

6.

小娥真正离开的那天，乔伯并没有哭。

自从那次乌龙事件之后，小娥跟乔伯认真地谈了一回，她说她这辈子有个愿望，就是能去春暖花开的大理看看。

“听说那里四季如春，到处都是鲜花。我是没机会去了，真遗憾，这辈子就这么结束了，还真是不甘心。”

乔伯安慰她：“等你病好了，我带你去大理，我还要带你去三亚，还有西安，还有北京……只要我还能走得动，我一定带你看遍全中国。”

小娥拉着乔伯的手，放在自己的脸颊上：“你说的话，可一定要做到。即便我不在了，你也得带我去大理，去全国各地看看。我都在天上看着呢，你不能骗我。”

乔伯重重地点了点头。

小娥在一个深夜离开了，再也没有醒过来。

乔伯仿佛做了一场长长的梦，恍若隔世。他守在小娥的灵柩前，两天两夜没有合眼。小娥的一生，一直在他脑海中浮现。

“我这辈子没啥本事，最大的本事，就是找到了小娥，娶了她。”

7.

失去一个人是什么感觉呢？

就是当你点了一份烤冷面，特意交代师傅多放点辣椒的时候，才发现爱吃烤冷面的那个人，已经不在你身边了。

乔伯在一年后，给自己制订了一个环游中国的计划。两个人的退休金，再加上早些年存的保险，足够他出行了。

乔伯和儿子、女儿道了别，一个人去了机场。

那是乔伯第一次坐飞机，当飞机穿过厚厚的云层时，遇到气流发生了颠簸。乔伯说，当时他挺害怕的，但是突然有那么一瞬间，他看向窗外时，似乎在云上看到了小娥的身影。就那么一瞬间，又一忽儿不见了。乔伯的眼泪唰地一下流了出来，一定是小娥不放心他，来陪他了。

六十多岁的乔伯，坐在飞机上“呜呜”地哭个不停，空姐吓坏了，不断来询问他是否需要帮助。乔伯摆摆手：“我没事儿，我是高兴。”

8.

生命中最重要的那个人，去了。

“我没有家了，”乔伯坐在洱海边对我说，“有小娥在的时候，哪里都是我的家，没有了小娥，我便没有家了。”

乔伯回过头看着我：“姑娘，能帮我拍几张照片吗？”

我欣然点头。

拍照的时候，乔伯摆了许多pose，有的搞怪，有的深沉，有的呆萌。“你一定要把我拍得帅一点儿！我得把照片发给小娥看呢，可不能让她骂我！”

“往左边来点儿。”

“头歪得太过了，回来点儿。”

“对对，站好别动。”

“哎呀，闭眼了！再来！”

我听到旁边走过的行人在笑，他们说：“这父女俩真有意思。”

拍完照片，乔伯又开始兴冲冲地修图。当他发现能把头发P黑的时候，高兴得合不拢嘴。我帮他抠图，把小娥跟他一起P到了洱海边。

乔伯第一时间就把照片发给了小娥。

“小娥，看咱俩的合影，是不是我更帅？”

“好吧，还是你最好看。”

“我头发都变黑了，是不是越活越年轻了？”

“我没骗你吧！我说会带你来，就一定会的！”

9.

乐观开朗的乔伯，有着超强的感染力，成了客栈里的开心果。

“我年轻的时候太闷了，傻了吧唧的。还是小娥好，我现在就要变成小娥的样子，敢说敢做！这样我才没白活！”

是啊，我们所拥有的时间，真的不长，就一生而已。如何将这短暂的一生过得痛快，即便在生命终结的时候，也不曾后悔?

乔伯在大理待了四天就要离开。他的下一站是三亚，走之前，他让梅姐陪他去了一趟超市，挑了一件女式的连体泳衣。

“小娥一辈子没见过海，电视上女人在海边都要穿泳衣，我也不会挑，只能请你帮个忙了。”

乔伯把那件泳衣拍了照，发给小娥。

“看！美吧！你个子高，腿又长，穿泳衣一点儿也不比那些小姑娘差！”

乔伯走的那天，并没有跟我们告别。他起得特别早，在董哥那里办完退房手续之后，给我们每个人留了一张卡片，就悄悄离开了。

“愿你的一生，能够按自己的意愿活。”这是乔伯留给我的卡片。

我们的一生，有几天是为自己而活的呢？

我们一出生，便按照父母的意愿生活，读父母期望的小学、初中、高中、大学。毕业后，一部分人还会做一份父母认为的理想工作，找一个父母觉得不错的爱人，之后养育孩子，一直等孩子长大成人，我们也老了，再帮孩子带孩子。

仔细算来，这短暂的一生中，能为自己活的时间，也没有几年。人生总是充满变数，未来亦不可知，那么活在当下，便是最重要的事情。

珍惜现在的每一天，珍惜身边的人，放肆去爱，认真去生活，这是乔伯教给我的，也是生活给我们最好的答案。

图书在版编目（CIP）数据

承蒙你出现，够我喜欢好多年 / 夏果果著 . -- 北京 :
北京时代华文书局 , 2019.12（2020.11 重印）
ISBN 978-7-5699-3293-5

Ⅰ . ①承… Ⅱ . ①夏… Ⅲ . ①故事－作品集－中国－
当代 Ⅳ . ① I247.81

中国版本图书馆 CIP 数据核字 (2019) 第 264074 号

承蒙你出现，够我喜欢好多年

CHENGMENG NI CHUXIAN, GOU WO XIHUAN HAODUO NIAN

著　　者 | 夏果果
出 版 人 | 陈　涛
选题策划 | 薛纪雨
产品经理 | 徐玺玺
责任编辑 | 徐敏峰
装帧设计 | 仙　境
责任印制 | 郝　旺
出版发行 | 北京时代华文书局 http://www.bjsdsj.com.cn
北京市东城区安定门外大街 136 号皇城国际大厦 A 座 8 楼
邮编：100011　电话：010 - 83670692　64267677
印　　刷 | 唐山富达印务有限公司
（如发现印装质量问题，请与印刷厂联系调换）
开　　本 | 880mm×1230mm　1/32
印　　张 | 8
字　　数 | 135 千字
版　　次 | 2020 年 2 月第 1 版
印　　次 | 2020 年 11 月第 3 次印刷
书　　号 | ISBN 978-7-5699-3293-5
定　　价 | 42.00 元